Lino Battiston
Wandersehnsucht reißt mir am Herzen

Ein herzliches Dankeschön für die freundschaftliche Unterstützung bei der Realisation dieses Buches an Hans-Dieter Eggers und Erich Jacob.

Lino Battiston, 1953 geboren, ist Gitarrist, Komponist und Liedtexter. Neben der Musik gilt seine Leidenschaft dem Wandern. Nach dem Buch »Tage in der Provence«, in dem er mit Kurzgeschichten und instrumentaler Gitarrenmusik von seinen Erlebnissen an der Ardèche in Südfrankreich erzählt und seinem Reisetagebuch »Mit Rucksack & Gitarre«, ist die dritte Publikation »Wandersehnsucht reißt mir am Herzen« ebenfalls dem Wandern gewidmet.

Lino Battiston

Wandersehnsucht reißt mir am Herzen

Ausgewählte Wandergeschichten

Bibliografische Information der Deutschen Nationalbibliothek. Die Deutsche Nationalbibliothek verzeichnet diese Publikation in der Deutschen Nationalbibliografie. Detaillierte bibliografische Daten sind im Internet über: www.dnb.de abrufbar.

Buchgestaltung und Zeichnungen: Erich Jacob
Buchtitel aus »Wanderung« von Hermann Hesse

Herstellung und Verlag:
BoD – Books on Demand, Norderstedt

ISBN 9783837021769

www.battiston.de

»Wandern ist die vollkommenste Art der Fortbewegung, wenn man das wahre Leben entdecken will. Es ist der Weg in die Freiheit«

Elizabeth von Arnim
1866 – 1941

Inhaltsverzeichnis

Zu diesem Buch

Obwohl ich seit vielen Jahren im südlichen Frankreich unterwegs bin, um mich in der Kunst des Wanderns zu üben, muss ich gestehen, dass es mir bisher noch nie in den Sinn gekommen ist, zu Fuß den Mont Ventoux zu besteigen. Vielleicht liegt es daran, dass dieser markante und mystische Gigant zum El Dorado, sogar zur Pilgerstätte des Radsports geworden ist, während ich mich lieber auf Schusters Rappen fortbewege. Trotzdem hat der Berg sehr viel mit Wandern zu tun. Bereits im Jahre 1336 hat der italienische Dichter und Humanist Francesco Petrarca nur wegen des Naturerlebnisses und aus einem inneren Bedürfnis heraus den Gipfel zusammen mit seinem Bruder erklommen. *»Heute habe ich den höchsten Berg der Gegend, den man nicht ohne Grund Ventosus, den »Windigen« nennt, bestiegen. Dabei trieb mich allein der Wunsch, diesen ungewöhnlich hohen Ort einmal mit eigenen Augen zu sehen.«*

Mit diesen Worten beginnt die Niederschrift, in der er tief bewegt über seine Erkenntnisse und die innere Einkehr auf dem Gipfel berichtet. So gilt Petrarca als erster Wanderer, der aus Sehnsucht auf der Suche nach sich selbst, einen Berg bestieg.

Hermann Hesse beschreibt die Sehnsucht nach Glück und Erfüllung so: *»Wandersehnsucht reißt mir am Herzen, wenn ich Bäume höre, die abends im Wind rauschen. Hört man still und lange zu, so zeigt auch die Wandersehnsucht ihren Kern und Sinn. Sie ist nicht Fortlaufenwollen vor dem Leid, wie es schien. Sie führt nach Hause.«*

In diesem Büchlein sind, neben meinen eigenen, ausgewählte Wandergeschichten, Gedichte und Zitate unterschiedlicher Schriftsteller und Dichter zusammengestellt, die (fast) alle eines gemeinsam haben: Die Sehnsucht zu Wandern!

Lino Battiston

»Wer ans Ziel kommen will, kann mit der Postkutsche fahren, aber wer richtig reisen will, soll zu Fuß gehen.«

Jean-Jacques Rousseau, französischer Philosoph,
1712 – 1778

Südfranzösischer Herbst

Es ist Oktober. Wie an jedem Morgen fahre ich in das nächste Dorf, um Baguettes zu kaufen. Der Frühnebel liegt noch tief in den Olivenbäumen und Weinfeldern, geheimnisvoll und still, aber man spürt schon, dass ein neuer Tag die Nacht verdrängt. Und dann kommt bald die Stelle, an der ich immer am Straßenrand anhalte, für kurze Zeit aussteige, um in Richtung Osten zu blicken.

Diesmal habe ich Glück. Fast gespenstig wirkt der Mont Ventoux, dessen Gipfel über den Nebelschwaden sichtbar wird und auf der Südseite wie schneebedeckt erscheint. Der Himmel färbt sich rötlich, gelb und blauviolett. Dann steigt die Sonne beinahe unwirklich, aber unaufhaltsam, langsam hinter dem Berg hervor. Noch sehe ich nur einen kleinen Teil von ihr, doch kurze Zeit später zeigt sie ihre volle Größe und ich fühle die unvorstellbare Energie, die von ihr ausgeht.

Ich atme tief die würzige Luft, die hier nach Thymian, Majoran, Rosmarin und wildem Lavendel schmeckt, schließe die Augen, tanke die ersten wärmenden Strahlen und denke, dass es wieder ein guter Tag wird. Bald verfliegen die letzten Nebelschwaden, die wie kleine Seen ausschauen, aus den Tälern. Die Sonne entfaltet nun ihre volle Kraft und strahlt auf die bunte Herbstwelt der südlichen Côte du Vivarais, der Schwelle zur Provence. Zeit, die Wanderschuhe zu schnüren.

Lino Battiston

»Nur wo du zu Fuß warst, bist du auch wirklich gewesen.«

Johann Wolfgang von Goethe,
1749 – 1832

Jagdzeit

Die große Leidenschaft der Franzosen für das Jagen rührt wohl noch von der Französischen Revolution her. Das Jagdrecht, das nur dem Adel vorbehalten war, wurde nach der Revolution allen Bürgern zugestanden. Seither haben die meisten Franzosen in den ländlichen Gegenden ihr Gewehr im Schrank und bringen es an den Wochenenden auch regelmäßig zum Einsatz. Zwar kann ich persönlich die Begeisterung für die Jagd nicht teilen, doch muss ich den hiesigen Weinbauern zugestehen, dass sie das Anwachsen der regionalen Wildschweinpopulation eindämmen, um den erheblichen Schaden, die ganze Wildschweinrotten an ihren Weinfeldern anrichten, zu begrenzen. Und dabei möchte ich auch nicht verschweigen, dass ich einen »Sanglier-Braten«, zubereitet von Jean-Pierre, dem Koch eines Restaurants in der Nähe, nur ungern verschmähe.

Und dann sieht man sie, sonntagmorgens, mit Geländefahrzeugen, roten Kappen und roten Jacken, begleitet von edlen Jagdhunden und bewaffnet mit großkalibrigen Gewehren auf die Pirsch gehen. So geschehen an einem Morgen, als ich zu einer Wanderung in die Schluchten der Ardèche aufgebrochen war.

Am einzigen Ein- und Ausstieg in der Gegend, um in die Tiefe und an das Wildwasser zu gelangen, hatten sich mehrere dieser »Roten«, Gewehr im Arm, ungeduldig hin und her trippelnd, postiert. Jagdhunde waren nicht zu sehen. Nach Austausch eines freundlichen »Bonjour« , begann ich meinen Abstieg. Der schmale, steile und steinige Weg setzt gutes Schuhwerk voraus. Etwa 20 Minuten später, die Hälfte der Strecke hatte ich schon hinter mir, hörte ich auf einmal lautes Hundegebell. Sogleich stellte sich bei mir das ungute Gefühl ein, das einen beschleicht, wenn man plötzlich erkennt, zwischen Jäger und Treiber geraten zu sein. Das näher kommende Gebell entfachte in mir sofort den

Wunsch, schnellstens den schmalen Pfad zu verlassen. Das war nicht einfach. Links die steile Felswand, rechts unwegsames, sehr stark abfallendes Gelände bis tief hinab zum reißenden Fluss Ardèche. Rettung bot nur eine enge Nische, die sich eine kleine, knorrige Eiche für ihren spärlichen Wuchs ausgesucht hatte. Schutz suchend klammerte ich mich an ihr fest, hoch über dem Abgrund. Kurze Zeit später rannte, zum Greifen nahe, mit einer für mich überraschenden Schnelligkeit, ein Wildschwein an mir vorbei den Pfad hinauf, von dem ich gerade hergekommen war. Der Geruch von Todesangst lag förmlich in der Luft.

Dicht hinterher verfolgte eine Meute kläffender, aus dem Maul triefende Jagdhunde das Borstenvieh. Mich völlig ignorierend hetzten sie vorbei, der Fährte des Schweins folgend. Nachdem sich mein Puls wieder normalisiert hatte, löste ich mich von der schützenden Eiche, froh, der Gefahr entkommen zu sein.

Und dann kamen die Treiber, drei an der Zahl, keuchend, schweißgebadet und fluchend den steilen Pfad hinauf gekraxelt. Ich krallte mich ein weiteres Mal an die kleine Eiche, um sie vorbeizulassen. Ein Bauch-an-Bauch-Kontakt mit ihnen war während des Passierens fast unumgänglich. Dreimal vernahm ich ein röchelndes »Bonjour et merci« und ich antwortete mit »De rien, au revoir«. Als sie vorbei waren, setzte ich meinen Abstieg fort. Kurze Zeit später hörte ich plötzlich von oberhalb her in schneller Folge peng, peng, peng und ich wusste sofort, was geschehen war.

Wenige Tage später war ich mit ein paar Freunden in den Gorges de l'Ardèche flussabwärts unterwegs. Begleitet vom Rauschen des Flusses führte uns ein sehr abwechslungsreicher, manchmal aber auch beschwerlicher Weg durch diese atemberaubende, wilde, bizarre und einzigartige Schlucht mit ihren 200 bis 300 m hohen Felswänden. Ein pures Naturerlebnis. Als wir irgendwann nahe des Flussbettes auf ein kleines Plateau trafen, das bis zu einer Steilwand reichte, lag plötzlich vor unseren Füßen ein verendetes Wildschwein im geronnenen Blut. Das arme Tier, dachte ich bei mir, ist wohl während einer Treibjagd etwas vom Weg abgekommen. So oder so in den Tod getrieben macht es eigentlich keinen Unterschied. Nur landete es diesmal nicht als nach Kräutern der Provence duftender und mit Rotwein der Côtes du Vivarais verfeinerter Wildschweinbraten auf den Tellern der hiesigen Restaurants. Etliches Getier labte sich gierig an dem Kadaver. Welch ein Festschmaus. Angeekelt machten wir uns schnell wieder auf die Socken.

Auf- und abwandernd, aber immer nahe am Flussbett, quälten wir uns streckenweise über schlecht zu gehende Geröllfelder, zwängten uns zwischen engen Felsblöcken hindurch oder überstiegen Baumstämme, die von nachtaktiven Bibern gefällt worden waren. Ein schattiges Plätzchen zur kurzen Rast fanden wir unter einem Felsüberhang. Dort bot sich eine gute Gelegenheit, die eindrucksvollen Felsformationen auf der gegenüberliegenden Seite zu beobachten. Wir ließen unsere Blicke schweifen, entdeckten in den Felsnischen verwilderte Bergziegen und in den Steilhängen mutige Kletterer, die sich von oben abseilten, um dann wieder emporzuklettern. Am anderen Ufer erspähten wir einen Graureiher, der majestätisch auf einem Felsblock hockte. Dieser markante Vogel war vermutlich auf Forellenjagd.

Am späten Nachmittag erreichten wir endlich die Ruinen von La Maladrerie des Templiers, eine der wichtigsten historischen Stätten im Naturschutzpark Gorges de l'Ardèche.

Gelegen in einer Flussschleife, ranken sich um die alten Gemäuer der Tempelritter viele Legenden und Spekulationen. So sollen hier im 14. Jahrhundert Leprakranke isoliert worden sein. Wie auch immer. Wir vertrieben zunächst einmal laut trampelnd und schreiend die Aspisvipern, die man hier gelegentlich zu Gesicht bekommt. Zur letzten Rast vor dem beschwerlichen Aufstieg aus der Schlucht hockten wir uns auf eine verfallene Mauer.

Gekräftigt durch Salami, Baguette und Rotwein aus der Plastikflasche – ein Schelm hatte plötzlich dieses edle Getränk aus seinem Rucksack gefischt – machten wir uns wieder auf den Weg. Nach fast 300 m Anstieg und vielen vergossenen Schweißperlen hatten wir die Schlucht endlich hinter uns gelassen. Zum Ausruhen war keine Zeit mehr. Die Sonne stand schon tief am Horizont und bis zum Dörfchen Le Garn, unserem Zielort, war noch eine gute Stunde zu laufen. Der Weg führte zunächst durch niederes Buschwerk und dann durch ein Eichenwäldchen bis hin zu einer kleinen Lichtung, die uns eine weite Aussicht nach Osten präsentierte.

Und da stand er plötzlich vor uns, greifbar nahe, obwohl über 60 km entfernt, seine Heiligkeit der Mont Ventoux, das Wahrzeichen der Provence. Die weiße Krone, angestrahlt von der untergehenden Sonne, zeigte göttlich in den blauen Abendhimmel, was noch kontrastreich durch die dunklen Wolkenschwaden im Hintergrund verstärkt wurde. Der 1912 m hohe Gigant wurde wohl zurecht bereits von den Kelten als heiliger Berg verehrt. Wir hatten den richtigen Zeitpunkt erwischt, denn schon nach kurzer Zeit war die Krone verblasst. Ein kühler Wind piff eine geheimnisvolle Melodie, während wir uns eilig auf den Heimweg machten. Die Sonne bestrahlte nur noch ein paar Wölkchen hoch am Himmel, als wir das malerische Le Garn erreichten.

Lino Battiston

Mit Datum vom 26.4.1336 schreibt der italienische Dichter und Humanist Francesco Petrarca einen Brief an seinen väterlichen Freund, den Augustinermönch Francesco Dionigi. Darin schildert er die Besteigung des Mont Ventoux, die er an diesem Tage gemeinsam mit seinem jüngeren Bruder durchgeführt hatte. Es ist die erste Beschreibung einer Wanderung, nicht, weil es notwendig gewesen wäre, einen bestimmten Ort zu erreichen, sondern um des Wanderns selbst willen, wegen des zu erwartenden Naturerlebnisses, *»allein von dem Wunsch getrieben, diesen ungewöhnlich hohen Ort einmal mit eigenen Augen zu sehen.«* Während der Wanderung vollzieht sich eine Wende: der aus weltlichem Wissensdrang begonnene Aufstieg wird zu einer spirituellen Wanderung, zu einer Art Pilgerreise, bei der das Naturerlebnis Spiegel des Strebens nach Seligkeit wird.

Die Besteigung des Mont Ventoux
Brief an Francesco Dionigi von Borgo San Sepolcro

Malaucène, am 26. April 1336

Heute habe ich den höchsten Berg der Gegend, den man nicht ohne Grund Ventosus, den »Windigen« nennt, bestiegen. Dabei trieb mich allein der Wunsch, diesen ungewöhnlich hohen Ort einmal mit eigenen Augen zu sehen. Dieses Unternehmen hatte ich schon seit vielen Jahren im Sinn. Ich lebe ja, wie du weißt, seit meiner Kindheit in dieser Gegend und ich habe diesen von allen Seiten sichtbaren Berg täglich vor Augen.

Nun aber fasste ich den Entschluss, endlich auszuführen, was ich schon immer vorhatte, nicht zuletzt, weil ich vor kurzem bei der Lektüre der Römischen Geschichte des Livius zufällig auf eine Stelle stieß, wo Phillip, der König Makedoniens (der gegen die Römer einen Krieg geführt hatte) den Haemus, einen Berg in Thessalien, besteigt, um herauszufinden, ob man von seinem Gipfel wirklich zwei Meere – das Adriatische und das Schwarze Meer – sehen könne. Ob das stimmt, kann ich nicht beurteilen, weil der Berg von hier zu weit entfernt liegt und die Autoren dazu unterschiedlicher Meinung sind. Damit du nicht bei allen nachlesen musst: der Geograph Pomponius Mela berichtet, es sei ohne Zweifel so aber Livius hält es für ein Gerücht. Wäre es so leicht, diesen Berg zu erkunden wie den hiesigen, hätte ich die Frage längst selbst beantwortet.

Aber zurück zum Mont Ventoux: einem jungen Mann, einem normalen Bürger, sollte erlaubt sein, was man bei einem greisen König nicht tadelt. Als ich aber einen Begleiter für meine Wanderung suchte, schien mir keiner meiner Freunde, so merkwürdig es klingt, in allen Belangen geeignet zu sein. Der eine war mir zu bedächtig, der andere zu forsch, der eine zu langsam, der andere zu rasch, dieser zu schwermütig, jener zu fröhlich, einer schließlich einfältiger, ein anderer gescheiter, als mir lieb war. Bei einem schreckte mich seine Schweigsamkeit, beim anderen seine Geschwätzigkeit. Der eine war mir zu dick, der andere zu schmächtig und kraftlos.

Diese Schwächen lassen sich im Alltag leicht ertragen – alles nämlich erträgt die Liebe – aber bei der Wanderung wird es belastend. So musste ich alles gegeneinander abwägen ohne dabei die Freundschaftsbande zu verletzen und alles ausschließen, was das geplante Unternehmen stören würde. Was glaubst du wohl? Schließlich bat ich den mir am nächsten stehenden, meinen jüngeren Bruder, den du ja recht gut kennst, um Unterstützung. Er war begeistert und dankte mir, dass er gleichzeitig die Stelle eines Freundes und eines Bruders einnehmen und mich begleiten sollte.

Am vereinbarten Tag brachen wir von zu Hause auf und kamen gegen Abend nach Malaucène, einem Dorf am nördlichen Fuße des Berges. Dort verweilten wir einen Tag und bestiegen dann endlich, jeder von einem Diener begleitet, unter großen Schwierigkeiten den Berg, er besteht nämlich aus einer schroffen, beinahe unzugänglichen steil abfallenden Felsmasse. Doch trefflich hat der Dichter Vergil gesagt: *»Rastlose Mühe besiegt alles.«*

Der frühe Morgen, liebliche Lüfte, eine heitere Stimmung sowie die Kraft und Gewandtheit unserer Körper kamen uns Wanderern zugute, lediglich die Beschaffenheit des Ortes machte Schwierigkeiten.

An den Hängen des Berges trafen wir einen alten Hirten, der uns mit vielen Worten von der Besteigung abzuhalten suchte, indem er sagte, er habe vor 50 Jahren mit dem gleichen jugendlichen Eifer den höchsten Gipfel erstiegen und die Mühe bereut, weil er lediglich einen von spitzen Felskanten und Dorngestrüpp zerfetzten Leib und Mantel zurückgebracht habe. Weder vor noch nach dieser Zeit habe irgendjemand ein ähnliches Unternehmen gewagt. Je mehr uns jener abriet, umso stärker stieg unser Verlangen – ungläubig, wie eben jugendliche Herzen gegen Warnungen sind. Daher ging der Alte, als er die Erfolglosigkeit seiner Bemühungen eingesehen hatte, ein wenig vorwärts zwischen den Felsen und zeigte uns mit dem Finger einen steilen Pfad, weiter viele Ermahnungen aussprechend, die er, als wir schon losgegangen waren, in unserem Rücken wiederholte.

Kleider oder andere Dinge, die hinderlich sein könnten lassen wir hier zurück, machen uns für den Aufstieg fertig und klettern munter los. Aber, wie es meist geschieht, folgt dem rasanten Beginn bald die Erschöpfung.

Schon nach kurzer Zeit legten wir daher auf einem Felsen eine Pause ein. Von dort brachen wir nach einer Weile auf, wanderten weiter, aber langsamer. Ich legte den Weg ins Gebirge schon mit schwererem Schritt zurück, während mein Bruder auf einer Abkürzung geradewegs über die Kämme des Berges immer höhere Zonen erreichte. Ich dagegen, weniger robust als er, schlug einen schrägen Pfad nach unten ein. Als er mich zurückrief und mir den richtigen Weg zeigte, antwortete ich ihm, ich hätte gehofft, der Weg auf der anderen Seite sei leichter und es mache mir nichts aus, dass er länger sei, da ich weniger steil vorankäme. Mit dieser Erklärung wollte ich meine Müdigkeit vertuschen und während die Diener schon die höheren Zonen erreicht hatten, irrte ich noch durch die Talgründe, da ich nirgends einen leichten Aufstieg fand, im Gegenteil, der Weg immer länger und die unnötige Strapaze immer schlimmer wurde.

Erst als mir vor Ärger über den verdrießlichen Umweg ganz elend war, beschloss ich, auf direktem Wege die Höhe zu erklimmen. So holte ich den wartenden und von der langen Pause erfrischten Bruder müde und missgestimmt ein und wir zogen nun eine Zeitlang gleichen Schrittes weiter.

Kaum aber hatten wir jene Anhöhe hinter uns gelassen, da vergaß ich schon wieder den Umweg von vorhin und wählte wieder einen Weg in tiefer liegendes Gelände und wiederum geriet ich, während ich einen bequemeren Weg suchte, auf einen langen und schwierigen Pfad. Der lästige Aufstieg wurde auf diese Weise natürlich nur verschoben, denn durch den menschlichen Geist wird die Realität nicht aufgehoben und unmöglich gelangt ein Mensch aus Fleisch und Blut in die Höhe durch Hinabsteigen!

Was soll ich viel sagen? Unter dem Gelächter meines Bruders passierte mir dies zu meinem Ärgernis innerhalb weniger Stunden mindestens dreimal. So ließ ich mich denn, oft genug genarrt, in einem Tal nieder. Dort verließ ich im Geiste das Körperliche, wandte mich zum Seelischen und wies mich selbst mit folgenden Worten zurecht: Bedenke, dass das, was du heute bei der Besteigung dieses Berges so oft erfahren hast, dir und vielen anderen widerfährt, die in ihrem Leben die Seligkeit suchen. Nur, es wird von den Menschen nicht so leicht erkannt, weil die Bewegungen des Körpers offensichtlich sind, die der Seele aber nicht wahrgenommen werden und verborgen bleiben. In der Tat liegt das Leben, das man das selige nennt, auf einem hohen Gipfel und nur ein schmaler Pfad führt zu ihm hin. Auch viele Hindernisse ragen dazwischen auf und von Tugend zu Tugend muss man mit erhabenem Schritt weiterziehen. Der Gipfel ist das Ende aller Dinge und das Ziel des Weges, auf das unsere Pilgerreise ausgerichtet ist. Jeder will dort hinkommen, doch – wie Ovid sagt – *Wollen reicht nicht aus, Begehren erst führt dich zum Ziel.* Du aber (wenn du dich nicht, wie so oft, auch hier täuschst) willst nicht nur, sondern begehrst auch.

Was hält dich also zurück? Doch nichts anderes, als dass der Weg durch die irdischen und niedrigsten Genüsse ebener und, wie es auf den ersten Blick scheint, bequemer ist. Aber doch musst du, wenn du viele Irrwege gegangen bist, unter Strapazen zum Gipfel des seligen Lebens aufsteigen oder schlaff in das Tal deiner Sünden niedersinken. Und wenn du dort – allein, es auszusprechen schaudert mich – auf Finsternis und Schatten des Todes triffst, musst du eine ewige Nacht unter unendlichen Qualen verbringen.

Diese Gedanken haben mir in unglaublicher Weise Seele und Leib für den Rest des Weges gestärkt. Könnte ich doch jene Wanderung mit der Seele, nach der ich mich Tag und Nacht sehne, genauso vollbringen, wie ich nach schließlich überwundenen Schwierigkeiten die heutige Wanderung körperlich mit meinen Füßen hinter mich gebracht habe. Aber es müsste doch wohl jene Wanderung sehr viel leichter sein, die durch die bewegliche, unsterbliche Seele augenblicklich ohne jede Ortsveränderung geschehen kann, als diese, die eine Zeit lang durch die Abhängigkeit des sterblichen und hinfälligen Körpers unter schwerer Last der Glieder durchgeführt werden muss.

Der Berg ist von allen der höchste. Die Waldleute nennen ihn »Söhnlein« – warum, weiß ich nicht. Vermutlich nach dem Prinzip des Gegensatzes, wie es auch in anderen Fällen gelegentlich vorkommt, denn in Wirklichkeit scheint er der Vater aller benachbarten Berge zu sein. Auf seinem Gipfel ist ein kleines Plateau. Dort erst setzten wir uns erschöpft zum Ausruhen nieder. Und da du ja gehört hast, welche Sorgen dem Wanderer zu Herzen gingen, bitte ich dich, auch den Rest anzuhören und dir etwas Zeit zu nehmen, nachzulesen, was ich an diesem Tage gemacht habe.

Zunächst stand ich, bewegt durch den ungewohnten Hauch der Luft und den weiten, freien Rundblick wie betäubt da. Als ich um mich schaute, lagen Wolken zu meinen Füßen. Und schon konnte ich mir besser vorstellen, was ich über den Athos und den Olymp gehört und gelesen hatte, wenn ich es schon auf einem Berg von geringerer Bedeutung erleben konnte.

Ich wandte nun meinen Blick in Richtung Italien, wohin mein Herz sich stärker hingezogen fühlt. Die Alpen, eiserstarrt und schneebedeckt, zeigten sich mir greifbar nah, obwohl sie weit entfernt sind. Innerlich stieg der Wunsch nach italienischer Luft in mir auf, der Wunsch, das Vaterland und alte Freunde wiederzusehen.

Dann kam mir ein neuer Gedanke und führte mich von der Betrachtung des Ortes hin zu zeitlichen Überlegungen. Ich sagte mir nämlich: heute vor zehn Jahren hast du nach Beendigung deines Studiums Bologna verlassen und – mein Gott – wie viele Änderungen deiner Lebensweise hast du doch in der Zwischenzeit erlebt. Dabei übergehe ich, was noch nicht endgültig ist, denn noch bin ich nicht dort angelangt, wo ich mich sorglos vergangener Stürme erinnern könnte. Die Zeit wird vielleicht einmal kommen, da ich in derselben Abfolge, in der es sich ereignete, alles schildern kann. Dabei werde ich folgenden Satz des Augustinus voranstellen.

»Ich will mir ins Gedächtnis rufen meine durcherlebten Niederträchtigkeiten und die fleischliche Verderbnis meiner Seele, nicht weil ich diese liebte, sondern um dich zu lieben, mein Gott.«

Es warten allerdings noch viele bedrückende, ungelöste Aufgaben auf mich. Was ich zu lieben pflegte, schon liebe ich es nicht mehr. Falsch: ich liebe es, aber weniger stark. Schon wieder falsch: ich liebe es, aber zurückhaltender, trauriger. So ist es wohl richtig, denn ich liebe das, was ich lieber nicht liebte, was ich zu hassen wünschte.

Dann ließ ich meine Sorgen fahren, für die ein anderer Ort passender sein mochte und richtete meinen Blick nach Westen, denn die Zeit zum Aufbruch drängte, weil die Sonne sich schon neigte und der Schatten des Berges länger wurde. Der Grenzwall zwischen gallischem Gebiet und Spanien, der Kamm der Pyrenäen, ist von dort nicht zu sehen, nicht weil, so viel ich weiß, irgendein Hindernis dazwischenträte, nein, allein infolge der Schwäche des menschlichen Auges. Ganz deutlich zu sehen waren dagegen auf der rechten Seite die Berge der Provinz von Lyon und links sogar der Golf von Marseille und der an dem Aigues-Mortes liegt, obwohl dies alles einige Tagesreisen entfernt liegt. Die Rhône lag geradezu vor Augen.

Während ich dies alles bestaunte, mal an Irdischem Geschmack fand, dann wieder am Beispiel des Körpers das Seelische beachtete, kam mir der Gedanke, in das Buch der »*Bekenntnisse*« des Augustinus, das du mir geschenkt hast, hineinzuschauen. Ich trage das kleine Büchlein von winzigem Format aber von unendlich schönem Inhalt immer bei mir. Ich schlug es auf, um zu lesen, was mir zufällig vor die Augen fiele, denn was könnte es anderes sein als Frommes und Gottergebenes. Der Zufall wollte es, dass ich das zehnte Buch dieses Werkes aufschlug. Mein Bruder stand erwartungsvoll mit gespitzten Ohren da, um aus meinem Mund etwas von Augustinus zu hören. Gott rufe ich zum Zeugen an und eben meinen Bruder, der dabei war, dass an der Stelle, auf die ich zuerst aufschlug, geschrieben stand:

»*Und es gehen die Menschen hin, zu bewundern die Höhen der Berge und die gewaltigen Fluten des Meeres und das Fließen der breitesten Ströme und des Ozeans Umlauf und die Kreisbahnen der Gestirne – und verlassen dabei sich selbst.*«

Ich muss zugeben, ich war wie betäubt und bat meinen Bruder, der unbedingt weiter hören wollte, mich nicht zu drängen und schloss das Buch. Ich war zornig auf mich selbst, darüber, dass ich jetzt noch Irdisches bewunderte, wo ich doch schon längst von den antiken Philosophen hätte lernen müssen, dass nichts bewundernswert ist außer der Seele. Im Vergleich zu ihrer Größe ist nichts groß.

Dann aber wandte ich, zufrieden, vom Berg genug gesehen zu haben, die inneren Augen auf mich selbst. Und ich sprach kein einziges Wort mehr, bis wir unten angelangt waren. Das Augustinus-Wort hatte mir genügend stumme Beschäftigung gebracht. Ich konnte nicht an einen Zufall glauben, nein, alles was dort geschrieben stand, sei für mich und keinen anderen gesagt. Schweigend dachte ich darüber nach, wie groß bei den Menschen der Mangel an Einsicht sei, dass sie sich unter Vernachlässigung des edelsten Teils ihrer selbst in vielerlei Dinge verzetteln, sich in nichtigen Schauspielen verlieren und außerhalb suchen, was im Innersten zu finden wäre.

Diese Gedanken in meinem aufgewühlten Herzen bewegend kehrte ich in tiefer Nacht, ohne den steinigen Weg wahrzunehmen, zu jener bäuerlichen Herberge zurück, von wo ich vor Tageslicht aufgebrochen war und der helle Mond erwies uns Wanderern dabei einen willkommenen Dienst. Während die Diener das Mahl bereiteten, ging ich allein in einen abgelegenen Teil des Hauses, um dir dies sogleich in hastiger Eile zu schreiben, damit nicht, wenn ich es aufschöbe, durch den Ortswechsel die innere Stimmung sich wandele und der Vorsatz zum Schreiben verschwinde.

Lebe wohl!
Francesco Petrarca

Gekürzte freie Übertragung: H.-D. Eggers

Auf die Berge will ich steigen

Auf die Berge will ich steigen,
Wo die frommen Hütten stehen,
Wo die Brust sich frei erschließet,
Und die freien Lüfte wehen.

Auf die Berge will ich steigen,
Wo die dunkeln Tannen ragen,
Bäche rauschen, Vögel singen,
Und die stolzen Wolken jagen.

Lebet wohl, ihr glatten Säle!
Glatte Herren! Glatte Frauen!
Auf die Berge will ich steigen,
lachend auf euch niederschauen.

Heinrich Heine, 1824, aus »Die Harzreise«

*»Erklimme die Berge und spüre die gute Energie.
Der Friede in der Natur wird in dich fließen wie der Sonnen-
schein, der die Bäume nährt. Der Wind wird dich erfrischen,
der Sturm dich mit Kraft erfüllen und alle deine Sorgen
werden abfallen von dir, wie Herbstblätter.«*

John Muir, schottisch-US-amerikanischer Universalgelehrter
1838 – 1914

Nicht jeder Mensch empfindet Freude beim Wandern. Nein, es gibt sogar ausgesprochene Gegner, wahrhaftige Wander-Hasser. Ein bekennender Feind des Wanderns ist der englische Autor Max Beerbohm (1872 –1956), der hier mit einem satirischen Text zu Wort kommen soll.

Das Wandern

Die Wahrheit ist: in meinem ganzen Leben habe ich keine einzige Wanderung unternommen. Ich wurde auf Spaziergänge mitgenommen; aber das ist etwas anderes. Schon als ich plappernd neben meinem Kindermädchen her trottete, sehnte ich mich zurück nach den guten alten Tagen, als ich noch nicht laufen musste. Als ich heranwuchs, sah ich den einzigen Vorteil, in London zu leben, darin, dass mich niemals jemand aufforderte, mit ihm einen Spaziergang zu unternehmen. Die großen Nachteile Londons – unendlicher Krach und Gedränge, verqualmte Luft, in allen Ecken Dreck – schützten mich vor dieser Qual. Wenn ich mich aber mit Freunden auf dem Land aufhielt, wusste ich, dass jederzeit, es sei denn, es regnete, irgendjemand plötzlich sagen würde: »Lasst uns ein bisschen laufen!«, und das in einem Befehlston, den er sonst wohl nicht benutzt hätte. Offenbar glauben die Menschen, dass der Wunsch nach einem Spaziergang von Natur aus etwas Edles und Tugendhaftes sei. Und derjenige, der so denkt, meint, das Recht zu haben, jedem anderen seinen Willen aufzudrängen, selbst wenn dieser bequem lesend in seinem Lehnstuhl sitzt.

Es ist leicht, einem alten Freund einfach »Nein« zu sagen. Wenn es aber nur ein Bekannter ist, bedarf es einer Entschuldigung. »Ich würde gerne, aber ...« mir fällt immer nur ein »... ich muss noch ein paar Briefe schreiben.« Aus drei Gründen ist diese Ausrede unbefriedigend. 1. Sie wird nicht geglaubt. 2. Du musst von deinem Stuhl aufstehen, zum Schreibtisch gehen, so tun, als würdest du einen Brief an jemanden schreiben, bis der Wandermeister (damit er nicht auf den Gedanken kommt, dich einen Lügner oder Heuchler zu nennen) sich aus dem Raum verzogen hat. 3. Sonntags morgens funktioniert es nicht. »Bis heute Abend werden keine Briefe mehr befördert.«

Damit ist die Sache entschieden und du musst mitgehen. Gehen um des Gehens willen mag ein so sehr löbliches und beispielhaftes Unternehmen sein, wie die Leute, die es praktizieren, glauben. Mein Einwand dagegen ist, dass es das Hirn ausschaltet. Viele Menschen haben mir beteuert, dass ihr Gehirn niemals so gut arbeitet, wie dann, wenn sie beschwingt durch Berg und Tal wandern. Diese Prahlerei kann ich meiner Erinnerung nach von niemandem bestätigen, der mich je gezwungen hat, an einem Sonntagmorgen an diesem Abenteuer teilzunehmen. Die Erfahrung lehrt mich, dass jegliche geistige Beweglichkeit meines Wandergenossen zum Erliegen kommt. Das Strahlen seiner Augen erlischt.

Er sagt, dass A. (unser Gastgeber) ein wirklich guter Kerl ist. Fünfzig Meter weiter fügt er hinzu, dass A. einer der besten Kerle ist, die er je getroffen hat. Wir gehen ein paar hundert Meter weiter und er sagt, dass Frau A. eine charmante Person ist. Bald darauf fügt er hinzu, dass sie eine der charmantesten Personen ist, die er je kennengelernt hat. Wir kommen an einem Gasthaus vorbei. Banal liest er mir laut vor: »The Kings Arms. Lizenziert für Bier- und Spirituosen-Verkauf.« Ich sehe schon voraus, dass er für den Rest der Wanderung jede Inschrift, die uns begegnet, laut vorlesen wird. Wir kommen an einem Wegweiser vorbei. Er zeigt mit seinem Stock darauf und sagt: »Uxminster, 11 Meilen.« Nach einer scharfen Kurve am Fuß des Berges zeigt er auf ein Schild und sagt »Langsam fahren.« Weit voraus sehe ich gegenüber einer Hecke am Wegesrand eine Anzeigentafel. Er sieht sie auch. Er betrachtet sie. Gleich darauf sagt er: »Zutritt verboten. Unbefugte werden strafrechtlich verfolgt.« Armer Mensch – ein geistiges Wrack.

Die Mittagspause bei Familie A. beruhigt ihn und es geht ihm wieder richtig gut. Er genießt wieder das Leben und die Gesellschaft. Sicher wird er nach der bitteren Lektion des Vormittags nie wieder zu einer Wanderung aufbrechen. Eine Stunde später sehe ich ihn mit einem neuen Begleiter davon schreiten. Ich beobachte, wie er verschwindet. Ich weiß, was er sagen wird. Er wird sagen, dass ich ein ziemlich langweiliger Wanderbegleiter bin. Kurz darauf wird er hinzufügen, dass ich so ziemlich der langweiligste Mann bin, mit dem er je gewandert ist. Dann wird er sich dem Vorlesen von Inschriften hingeben.

Wie kommt es zu diesem plötzlichen geistigen Verfall der Leute, die wandern um des Wanderns willen? Was ist da los? Ich glaube, dass niemand durch ein logisches Bedürfnis zu diesem Unternehmen getrieben wird. Er ist getrieben, offensichtlich, durch etwas in ihm, was jenseits der Vernunft liegt. Durch seine Seele, nehme ich an. Ja, es muss die Seele sein, die dem Körper den Befehl entgegenschleudert »Im Gleichschritt – Marsch!«

»Stillgestanden!« – »Rührt Euch!« wirft das Gehirn ein und fragt die Seele: »Zu welchem Ziel und aus welchem Grund schickst du den Körper los?« – »Aus gar keinem Grund« gibt die Seele zur Antwort, »und zu überhaupt keinem Ziel. Der Körper geht aus, allein weil die Tatsache, dass er es tut, ein Zeichen von hoher Gesinnung, Redlichkeit und großer Charakterstärke ist.« – »Sehr wohl, mein Seelchen, hab dein eigen Seelenwegchen! Aber ich«, sagte das Gehirn, »weigere mich schlicht, an solchen Albernheiten teilzunehmen. Ich werde schlafen gehen, bis es vorbei ist.« Dann wickelt das Hirn sich in seine eigenen Windungen ein und fällt in einen traumlosen tiefen Schlummer, aus dem ihn nichts herausreißen kann, bis der Körper wieder sicher ins Haus zurückgekehrt ist.

Wenn du zu einem bestimmten Zweck zu einem bestimmten Ort gehst, würde das Gehirn es vorziehen, dass du ein Fahrzeug benutzt. Aber es ist ihm nicht so wichtig. Es wird dir stets guten Dienst leisten, es sei denn du begibst dich lediglich auf eine Wanderung. Während deine Beine miteinander wetteifern, wird es nicht gründlich nachdenken, nicht einmal oberflächlich nachdenken. Aber es wird gerne leichte Gelegenheitsarbeit übernehmen – vorausgesetzt, auch deine Beine machen sich nützlich, nicht nur herum stolpernd, um den Stolz der Seele zu befriedigen.

Dieser Essay wurde, so ist es tatsächlich, heute Morgen bei einem Spaziergang entworfen. Ich gehöre also nicht zu den Extremen, die für jeden Weg ein Fahrzeug brauchen. Es ist nicht mein Ziel, grundsätzlich körperliche Übung zu vermeiden. Ich nehm es, wie es kommt und trage es mit Gelassenheit. Dass die Gesundheitsapostel ständig darüber schwätzen, leidenschaftlich bis zum Exzess, ist kein Grund, sie zu verachten. Ich bin bereit, zu glauben, dass es in Maßen gut für jemanden ist – körperlich.

Aber solange niemand möchte, dass ich ihn besuche und auch ich nicht den Wunsch verspüre, jemanden zu besuchen und es nichts, was auch immer, außer Haus zu tun gibt, werde ich niemals einen Spaziergang unternehmen!

Max Beerbohm, aus »Going out for a walk«

Ins Deutsche übertragen von H.-D. Eggers

Eine ganz andere Einstellung zum Wandern, insbesondere zum Alleinwandern hatte der schottische Schriftsteller Robert Louis Stevenson, Autor der Klassiker »Die Schatzinsel« und »Der seltsame Fall des Dr. Jekyll und Mr. Hyde.« Sein Essay über das Wandern ist hier in gekürzter Form wiedergegeben.

Wandertour

Ein ehrlicher Wanderfreund reist nicht auf der Suche nach Malerischem, sondern auf der Suche nach bestimmten glücklichen Stimmungen, in Erwartung des Gefühls der ersten Schritte des frühen Morgens und des Friedens der geistigen Fülle der abendlichen Ruhe. Es fällt ihm schwer, zu sagen, ob er mehr Freude empfindet, wenn er den Rucksack schultert oder wenn er ihn ablädt. Die Erregung des Aufbruchs stimmt ihn auf die Freude der Ankunft ein. Sein Unternehmen ist nicht nur eine Belohnung an sich, sondern wird im Verlauf der Wanderung immer lohnender, wie sich Vergnügen zu Vergnügen zu einer Kette fügt.

Nur wenige Menschen können das verstehen. Entweder bummeln sie, oder sie rennen fünf Meilen in der Stunde. Sie passen sich den verschiedenen Gegebenheiten nicht an. Sie denken den ganzen Tag an den Abend und abends denken sie an den nächsten Tag. Vor allem dem schnellen Marschierer wird hierfür das Verständnis fehlen. Er wird nicht zugeben, dass diese Rennerei bedeutet, zu verdummen, sich zu quälen, nur um abends das Wirtshaus zu erreichen, während die fünf Sinne ausgeschaltet sind und im Geiste schwarze sternlose Nacht herrscht. Der sanfte lichte Abend des gemäßigten Wanderers bedeutet ihm nichts. Er hat lediglich das körperliche Bedürfnis, mit doppelter Nachtmütze rasch zu Bett zu gehen. Selbst seine Pfeife – wenn er Raucher ist – wird ihm nicht schmecken und keinen Genuss bereiten. Das ist das Schicksal derjenigen, die mit doppeltem Eifer nach dem Glück suchen und es schließlich verlieren. Ihm steht das Sprichwort entgegen: *»Wer weit reisen will, schont sein Reittier.«*

Also, um eine Wanderung richtig genießen zu können, sollte man sie alleine unternehmen. Wenn man in einer Gruppe oder auch zu zweit geht, ist es nur noch dem Namen nach eine Wanderung; es ist etwas anderes, das eher einem Picknick gleicht. Da beim Wandern die Freiheit von entscheidender Bedeutung ist, sollte man alleine gehen. Man muss die Möglichkeit haben, zu verweilen oder weiterzugehen, und diesem oder jenem Weg zu folgen, wie es einem gerade in den Sinn kommt und weil man seinem eigenen Rhythmus folgen muss, anstatt sich einem Schnellgeher oder dem langsamen Schritt eines Mädchens anzupassen. Und man muss offen sein für alle Eindrücke und sich Gedanken machen über das, was man sieht.

»Ich kann keinen Sinn darin sehen», sagt William Hazlitt, *«gleichzeitig zu wandern und sich zu unterhalten.«*

Man darf kein Geschnatter von Stimmen neben sich haben, das die meditative Ruhe des frühen Morgens stört.

Robert Louis Stevenson, aus »Walking Tours«

Ins Deutsche übertragen von H.-D. Eggers

Stevensons faszinierendes Reisetagebuch »Reise mit dem Esel durch die Cevennen« motivierte mich, 133 Jahre später, seinen Spuren zu folgen. Es wurde ein unvergessliches Erlebnis, das ich in dem Buch »Mit Rucksack & Gitarre« beschrieben habe. Was ich auf der 12. Etappe, der 250 km langen Wanderung durch die Cevennen mit meiner »Modestine« (selbstgebaute kleine Reisegitarre, benannt nach Stevensons Eselin) erlebte, schildert diese Geschichte.

Nackt auf dem Col de Saint-Pierre

Gemächlich wanderten wir an diesem Morgen hinab in das Tal von Saint-Étienne-Vallée-Française. Zeit zum Philosophieren über Gott und die Menschen, das Wandern, die Liebe, die Zukunft und die Vergangenheit. Bertram war ein angenehmer Gesprächspartner mit interessanten Ein- und Ansichten. Es schien mir, dass er das Wandern mehr als Pilgern sieht, vielleicht zu sich, zu Gott, wohin auch immer. Bedächtig wanderte er mit seinem Pilgerstab, der ein gutes Stück länger war als mein Stock, neben mir her. Ein Pilgerstab muss eine bestimmte Länge aufweisen, lang genug, um ihn während des Gehens durch die Hand gleiten zu lassen, meinte er. Seine Demonstration rückte meine Einstellung zu einem Wanderstock wieder mal in ein neues Licht. An der letzten Haarnadelkurve, bevor wir das Tal erreichten, warteten wir kurz auf Marion, die etwas hinter uns zurückgeblieben war. Beim Abschiedsfoto hatte ich das Gefühl, tiefsinnige und gutherzige Menschen kennengelernt zu haben.

Als ich über eine kleine Brücke den Gardon de Mialet überquerte und wieder zum Alleinwanderer geworden war, traf mich plötzlich ein Gedankenblitz mit der Frage: »Hast du dich womöglich auch zum Pilger gewandelt?« Bei diesem Gedanken drehte ich mich um, konnte Marion und Bertram noch einmal zuwinken und hoffte dabei, vielleicht kreuzen sich unsere Wege ein weiteres Mal. Es würde mich freuen.

Wie tags zuvor marschierte ich wieder in Saint-Étienne-Vallée-Française ein, vorbei an dem Haus der freundlichen Anwohner vom Vortage, allerdings ohne sie Kaffee trinkend auf ihrer Terrasse vorzufinden. Die Hauptstraße war gesäumt von einer Kastanienallee, die durch ihr flüsterndes Blätterwerk unruhige Schatten auf die Bürgersteige warf. Eine Kiste, die gefüllt mit rotbackigen Äpfeln schräg aufgestellt neben der Tür einer Alimentation (Lebensmittelgeschäft) stand, lockte mich unwiderstehlich an. Der heutige Tag würde kräftezehrend werden. Das war mir bewusst. Zwei Äpfelchen passten noch genau in meinen Rucksack.

Das gemächliche Wandern war unweit nach Ortsausgang zu Ende. Ich überquerte einen kleinen quirligen Gebirgsbach, der sein Hinscheiden nicht weit von hier mit dem Münden in den Gardon de Mialet besiegelte. Dann ging es steil bergauf dem »Feuerbrand« entgegen. Dieser hatte, im Gegensatz zu mir, fast seinen Höchststand erreicht. Bereits nach kurzer Zeit fiel mir das Atmen schwerer und die ersten Schweißperlen kitzelten auf der Stirn. Ich legte eine kleine Rast ein und überlegte mir, wie ich den Rucksack erleichtern könnte. Mir fielen nur die beiden Äpfel ein, die ich dann genüsslich verzehrte. Nach dieser Gewichtsersparnis ging es weiter immer steil bergauf, dem Mont Saint-Pierre und den Wolken entgegen. Stevenson beschrieb das einfach so: *»Es war ein langer und steiler Aufstieg.«* Aber er ließ sein Gepäck, womöglich auch sich selber, von Modestine tragen. Bei mir war es genau umgekehrt.

Bald begann ich merklich zu schwächeln. Die Abstände des Stehenbleibens wurden immer kürzer und der gelbe Ball am tiefblauen Himmel wurde mir immer unsympathischer. Jeder Baum und jeder Strauch, der einen Ast mit etwas Grün wie einen Sonnenschirm schützend über den Weg hielt, war für mich wie eine schattenspendende Oase. Dort stand ich dann eine Weile, um auszuruhen, gestützt durch den Wanderstock, schweißnass vom Hut bis zu den

Wanderschuhen, trotz nobler Funktionskleidung.

Bei solch einer Gelegenheit wandte ich immer wieder die gleiche Technik an. Ich stellte mich breitbeinig hin und bildete zu den Füßen mit dem Stock ein gleichschenkliges Dreieck. Ich hielt ihn mit ausgestreckten Armen fest, beugte mich langsam nach vorne und legte meine Stirn sanft auf die Fäuste, die sich um den Knauf klammerten. Dadurch wurde die Last des Rucksacks gleichmäßig auf drei Beine verteilt und die Schultern dementsprechend entlastet. Gute Gelegenheit, Ameisen, Käfer und alles, was sonst noch auf dem Boden krabbelte, zu beobachten. Mit ein wenig Genugtuung stellte ich fest, dass mein Stock die ideale Länge hatte, um diese Technik anzuwenden. Also klar im Vorteil gegenüber einem längeren Pilgerstab.

Der Weg blieb steil und steinig. Das Thermometer hatte bestimmt die Fünfunddreißig-Grad-Marke erreicht. Zuletzt schaffte ich nur noch zwanzig Schritte, ohne kurz anzuhalten und das nur mit Unterstützung von gedachten Wegworten, die jetzt allerdings eher nach Durchhalteparolen klangen. Ich hätte gerne ein schönes Wanderlied angestimmt, aber dazu fehlte mir im wahrsten Sinne des Wortes die Spucke und die Puste. Stattdessen ließ ich wieder einmal meinen Gedanken ihren Lauf und träumte von einer Wattwanderung unter wolkenverhangenem Himmel an der kühlen Nordsee. Mit den Wegworten »Immer weiter, immer heiter« verdrängte ich auch den Gedanken an einen »Herzkasper«, der mich jetzt hoffentlich nicht in dieser gottverlassenen Gegend nahe dem »Heiligen Pierre« überfallen würde. Die Kunst des Wanderns auf höchstem Niveau praktizierend erreichte ich dann eine Kiefer, die einen ihrer Arme schattenspendend über den Weg streckte. Gelegenheit zum Verschnaufen. Mit meiner bewährten Methode, dreibeinig auszuruhen, blickte ich auf den Boden. Zahlreiche Schweißperlen tropften auf einen heißen Stein und verdampften zugleich. Eine Ameisenfamilie bemühte sich, sich schnellstens, völlig planlos, in einem hektischen Hin und Her in Sicherheit zu bringen. Nachdem sich die Lage wieder beruhigt hatte und mein Pulsschlag auch, suchten meine Augen den Mittelpunkt des Dreiecks. Dann stellte ich mir die Frage: Was befindet sich genau gegenüber von mir, in 12.700 Kilometer Entfernung, am anderen Ende dieses Planeten? Bevor ich anfing zu phantasieren, tappte ich lieber weiter. Immer weiter, immer heiter. (Später, wieder zu Hause, habe ich übrigens diesen sogenannten antipodischen Punkt auf der anderen Seite der Welt ausfindig gemacht: die Chatham-Inseln, etwas östlich von Neuseeland gelegen).

Ich nuckelte noch einmal an meinem Schnuller, aber fein dosiert, denn ich hatte das Gefühl, dass das Wasser im Trinkbeutel langsam zur Neige ging. Dann, plötzlich nach einer Biegung ein Holzschild mit der Aufschrift: *Col de Saint-Pierre - 596m*

Oben, in die rechte Ecke hatte jemand gemalt: »Ouf«. Ich zückte meinen Diktionär und übersetzte: »Uff«. Dann sagte ich »Uff« und schaffte es gerade noch bis zu ein paar Kiefern, die etwas abseits des Weges standen. Dort entledigte ich mich aller Kleider, die sich anfühlten, als wären sie ungeschleudert aus der Waschmaschine genommen worden und hängte sie zum Trocknen an ein paar Ästen auf. Nach einer Weile hatte ich mich wieder erholt, nahm mir Modestine zur nackten Brust und zupfte auf ihr eines meiner Instrumentals mit dem passenden Titel Horizonte. Deren waren hier in alle Himmelsrichtungen in Fülle zu sehen. Eine Blaumeise stimmte mit ihrem »Zizibe« freudig mit ein. Vielleicht erreichten die Klänge sogar Marion und Bertram, denen, noch etliche Höhenmeter tiefer, sicherlich auch die Schweißperlen über die Wangen kullerten. Ich wünschte ihnen viel Kraft und gutes Durchhaltevermögen.

»Modestine und ich – es war unser letztes gemeinsames Mahl – nahmen auf dem Gipfel des Mont Saint-Pierre einen Imbiss zu uns; ich auf einem Steinhaufen, sie neben mir im Mondlicht stehend und schicklich Brot aus meiner Hand fressend. Die arme Kreatur fraß lieber so, denn sie hatte eine Zuneigung zu mir gefasst, die ich bald verraten sollte.« (Stevenson)

Nun überquerte ich die Corniche des Cévennes, eine alte Kammstraße, die Saint-Jean-du-Gard mit Florac verbindet, um mit neuen Kräften und getrockneter Kleidung den Abstieg ins Tal des Gardon de Saint-Jean zu beginnen. Die Sonne hatte ihren höchsten Stand bereits überschritten. Das Röcheln aus dem Schlauch meines Trinkbeutels signalisierte mir nichts Erfreuliches. Eine kniegelenkfeindliche Abwärtswanderung brachte mich schließlich nach Pied-de-Côté, einem kleinen Weiler in der Talsohle. Mit ausgetrockneter Kehle marschierte ich danach noch gut drei Kilometer entlang der Landstraße und dem wild rauschenden Fluss Gardon, bis ich endlich Saint-Jean-du-Gard erreichte. Ich säumte mich nicht lange in dem Städtchen, in dem Stevenson damals seine Modestine samt Sattel für 35 Francs verkaufte. Die Arme hatte sich beim Überqueren des Col de Saint-Pierre verletzt und wurde für reiseuntauglich erklärt. In der Nähe des Brunnens, der an Stevenson erinnert, ruhte meine Eselin hingegen jetzt kerngesund und unverkäuflich neben mir auf einer Bank. Ich belohnte mich, sozusagen für die Strapazen des Tages, mit einer riesengroßen Portion Eiscreme. Stevenson wählte von Saint-Jean-du-Gard die Postkutsche, um nach Alès zu kommen. Ich weiterhin Schusters Rappen. Es galt noch eine Hügelkette zu überwinden, um wieder in das Tal des Gardon de Mialet zu gelangen.

Über die Pont des Camisards erreichte ich schließlich das traditionsreiche Dorf Mialet, das im Glaubenskrieg so hart umkämpft war und heute noch geprägt ist von seiner Geschichte wie kaum ein anderes Dorf in den Cevennen. Meine Unterkunft, die selbstverständlich nach der historischen Bogenbrücke benannt war, fand ich direkt am Ortseingang. François, der Gastgeber servierte mir am Abend das erste vegetarische Menu auf dieser Tour. Als Entrée gab es zum Beispiel eine Schüssel, voll mit bunten, diversen Salaten, Gemüsen und Kräutern. Alles aus seinem Gemüsegarten, wie er mir versicherte, der in idealer Hanglage bis zu den Ufern des Gardon reichte. Die Schüssel war liebevoll fächerartig garniert mit schwarzen Tomaten, die, wie ich mich später überzeugen konnte, tatsächlich in seinem Garten Spalier standen. Und die Quiche Lorraine, einfach ein Genuss. Dabei vergaß ich fast, den dunkelroten Vin de Cévennes zu kosten. Und zu guter Letzt, ich hatte es geahnt, kam ich um einen Liqueur du Camisard nicht herum.

Lino Battiston

Allgemeines Wandern

Vom Grund bis zu den Gipfeln,
Soweit man sehen kann,
Jetzt blühts in allen Wipfeln,
Nun geht das Wandern an.

Die Quellen von den Klüften,
Die Ström auf grünem Plan,
Die Lerchen hoch in Lüften,
Der Dichter frisch voran.

Und die im Tal verderben
In trüber Sorgen Haft,
Er möcht sie alle werben
Zu dieser Wanderschaft.

Und von den Bergen nieder
Erschallt sein Lied ins Tal,
Und die zerstreuten Brüder
Fasst Heimweh allzumal.

Da wird die Welt so munter
Und nimmt die Reiseschuh.
Sein Liebchen mitten drunter,
Die nickt ihm heimlich zu.

Und über Felsenwände
Und auf dem grünen Plan,
Das wirrt und jauchzt ohn Ende -
Nun geht das Wandern an!

Joseph von Eichendorff

*»Gegen die schlechte Stimmung:
Mit der Hoffnung zu reisen ist besser,
als das Ziel zu erreichen.«*

Robert Louis Stevenson

Und die Glieder matt und träge
Schlepp ich fort am Wanderstab,
Bis mein müdes Haupt ich lege
Ferne in ein kühles Grab.

Heinrich Heine

Der Berichtiger und die entzauberte Natur

Von Goslar ging ich den andern Morgen weiter, halb auf
Geratewohl, halb in der Absicht, den Bruder des Klausthaler Bergmanns aufzusuchen. Wieder schönes, liebes Sonntagswetter. Ich bestieg Hügel und Berge, betrachtete, wie
die Sonne den Nebel zu verscheuchen suchte, wanderte
freudig durch die schauernden Wälder, und um mein träumendes Haupt klingelten die Glockenblümchen von
Goslar. In ihren weißen Nachtmänteln standen die Berge,
die Tannen rüttelten sich den Schlaf aus den Gliedern, der
frische Morgenwind frisierte ihnen die herabhängenden,
grünen Haare, die Vöglein hielten Betstunde, das Wiesenthal blitzte wie eine diamantenbesäete Golddecke, und der
Hirt schritt darüber hin mit seiner läutenden Herde. Ich
mochte mich wohl eigentlich verirrt haben. Man schlägt
immer Seitenwege und Fußsteige ein, und glaubt dadurch
näher zum Ziele zu gelangen. Wie im Leben überhaupt,
geht's uns auch auf dem Harze. Aber es giebt immer gute
Seelen, die uns wieder auf den rechten Weg bringen; sie
thun es gern, und finden noch obendrein ein besonderes
Vergnügen daran, wenn sie uns mit selbstgefälliger Miene
und wohlwollend lauter Stimme bedeuten, welche große
Umwege wir gemacht, in welche Abgründe und Sümpfe wir
versinken konnten, und welch ein Glück es sei, daß wir so
wegkundige Leute, wie sie sind, noch zeitig angetroffen.

Einen solchen Berichtiger fand ich unweit der Harzburg.
Es war ein wohlgenährter Bürger von Goslar, ein glänzend

wampiges, dummkluges Gesicht; er sah aus, als habe er die Viehseuche erfunden. Wir gingen eine Strecke zusammen, und er erzählte mir allerlei Spukgeschichten, die hübsch klingen konnten, wenn sie nicht alle darauf hinaus liefen, daß es doch kein wirklicher Spuk gewesen, sondern daß die weiße Gestalt ein Wilddieb war, und daß die wimmernden Stimmen von den eben geworfenen Jungen einer Bache (wilden Sau), und das Geräusch auf dem Boden von der Hauskatze herrührte. Nur wenn der Mensch krank ist, setzte er hinzu, glaubt er Gespenster zu sehen; was aber seine Wenigkeit anbelange, so sei er selten krank, nur zuweilen leide er an Hautübeln, und dann kuriere er sich jedesmal mit nüchternem Speichel. Er machte mich auch aufmerksam auf die Zweckmäßigkeit und Nützlichkeit in der Natur. Die Bäume sind grün, weil grün gut für die Augen ist. Ich gab ihm Recht, und fügte hinzu, daß Gott das Rindvieh erschaffen, weil Fleischsuppen den Menschen stärken, daß er die Esel erschaffen, damit sie den Menschen zu Vergleichungen dienen können, und daß er den Menschen selbst erschaffen, damit er Fleischsuppen essen und kein Esel sein soll. Mein Begleiter war entzückt, einen Gleichgestimmten gefunden zu haben, sein Antlitz erglänzte noch freudiger, und bei dem Abschiede war er gerührt.

So lange er neben mir ging, war gleichsam die ganze Natur entzaubert; sobald er aber fort war, fingen die Bäume wieder an zu sprechen, und die Sonnenstrahlen erklangen, und die Wiesenblümchen tanzten, und der blaue Himmel umarmte die grüne Erde. Ja, ich weiß es besser; Gott hat den Menschen erschaffen, damit er die Herrlichkeit der Welt bewundere.

Heinrich Heine, aus »Die Harzreise«

Joachim Größer, Autor aus dem Odenwald, ist Verfasser mehrerer Kinderbücher. Darüber hinaus schreibt er aber auch Kurzgeschichten für Erwachsene. »Verirrt«, eine Geschichte über das Wandern, hat mir besonders gut gefallen.

Verirrt!

»Na, dann los!«, sagte der 35-jährige Frank zu seiner Ehefrau. Beide waren passionierte Wanderer und nutzten das »kinderfreie« Wochenende für ihr Hobby. Ziel war heute eine schöne Rundstrecke mit einigen Höhenunterschieden und vielen Abwechslungen auf der Strecke. Eine Karte brauchte Frank nicht, denn dieser Weg wurde von ihnen schon mehrfach begangen. Simone vertraute voll und ganz auf den guten Orientierungssinn ihres Mannes und trabte brav – wie sie zu sagen pflegte – hinter ihrem Frank hinterher.

Der einzige Unterschied zu sonstigen Touren bestand darin, dass heute Nebel aufgezogen war und den gesamten Berg in Watte hüllte. Keinen der beiden Wanderer schien dieses Wetter zu stören, keiner würdigte den Wanderzeichen an den Bäumen einen Blick – denn man kannte den Weg ja sehr genau. Angeregt unterhielten sich Simone und Frank über die kleinen und größeren Probleme. Und als sie das Thema Hausaufgaben ihrer beiden Sprösslinge erörterten, da konzentrierte man sich nur noch auf das Gespräch und nicht auf den Weg – man kannte ja schließlich diesen Berg mit seinen Wanderwegen sehr genau.

Der Erste, der dann den Weg genauer betrachtete, war Frank. Zufällig streifte sein Blick eine alte Buche, auf der als Wanderweg-Zeichen eine »1« prangte. Auf einem Wanderweg Nr. 1 waren sie hier aber noch nie gelaufen – also schaute Frank jetzt genauer auf die Wegmarkierungen, aber es gab keine mehr. Noch wurde er nicht unruhig, denn man konnte ja den Weg einfach zurückgehen. Seiner Simone

sagte er noch nichts von seiner Vermutung, sondern marschierte jetzt auf dem ebenen Weg forsch voran. Sie waren
wohl die einzigen Besucher in diesem Nebel-Wald, denn
kein menschlicher Laut, kein Rufen, kein Lachen waren zu
hören. Vielleicht lag das aber auch nur an dem immer dichter werdendem Nebel. Fünfzig Meter, so schätzte Frank die
Sichtweite ein, als sie auf dem Parkplatz losmarschierten.
Jetzt, so stellte er erschrocken fest, betrug die Sichtweite
höchstens noch 15 Meter.

»Ich schlag mich mal in die Büsche«, rief Simone ihrem
Mann zu und verschwand auch zugleich auf einem kleinen
schmalen Tierpfad in den Wald. Frank nutzte diese
Gelegenheit, um die Gegend zu erkunden. Dieser Weg
muss doch auch Abzweigungen haben, auf denen vielleicht
Hinweise angebracht sein könnten. Also rannte er los, ohne
seiner Simone Bescheid zu geben, denn schließlich war sie
mit anderen Dingen beschäftigt. 100 Meter war er wohl
gerannt, aber dieser verdammte Weg hatte keine Neben-
wege. Also – zurück! Nur, wo war seine Frau? War er nun
schon zu weit gelaufen, hatte er den schmalen Tierpfad
übersehen? Frank lief wieder zurück – keine Simone, kein
Rascheln, das ihre Anwesenheit verraten konnte.
»Simone!!!«, schrie er jetzt, so laut er konnte. »Simone!!!«

Doch seine Simone blieb im Nebel verschwunden. Angst
stieg dem Frank zum Herzen auf. Wo ist Simone? Ist sie
gefallen? Hat sie sich verletzt? Ist sie vielleicht bewusstlos?
Hat sie sich vielleicht ein Bein gebrochen?

Er rannte den Weg auf und ab, immer wieder nach seiner
Frau rufend. Dann stürzte er mehr, als dass er ging, in den
Wald, glaubte er doch, den schmalen Tierpfad gefunden zu
haben. Er folgte dem Pfad und schrie seine Angst um seine
Frau in den Wald: »Simone!!! Simone, antworte!«

Endlich, nach vielen qualvollen Minuten glaubte er, seine
Frau zu hören. »…rank!«, hörte er. Der Nebel verschluckte
das »F«. Nein, er täuschte sich nicht, er hatte richtig gehört
– das muss Simones Rufen sein. Also schrie er weiter ihren

Namen und lauschte auf Antwort. Jetzt, ja – das war deutlich: »Hier Frank, hier!«

Frank rannte durch das niedrige Holz, stolperte über einen morschen Baumstumpf, fiel, raffte sich hoch und schrie: »Rufe, Simone! Rufe weiter!«

Und Simone rief und Frank folgte der Stimme. Dann sah er seine Simone direkt vor sich. Sie stand und Tränen rannten ihr über die Wangen. Frank umarmte sie glücklich und küsste ihr die Tränen von den Wangen. »Hab ich dich gefunden!«, flüsterte Frank erleichtert.

Nachdem sich beide beruhigt hatten, erzählte Simone: »Ich wusste mit einem Male nicht mehr, welche Richtung ich auf dem Tierpfad einschlagen musste. Also habe ich nach dir gerufen. Da ich keine Antwort erhielt, bin ich in die Richtung gegangen, von der ich annahm, es sei die richtige. Aber es war genau die falsche! Weißt du, wie froh ich war, als ich deine Stimme hörte. Ich habe es mehr geahnt, dass du meinen Namen rufst. Vielleicht wollte ich auch, dass ich meinen Namen rufen hörte. Ich hatte mir schon ausgemalt, wie ich mich tiefer und tiefer im Nebel verlaufe. Mir fiel die Meldung über eine Frau ein, die mehrere Tage im Wald umherirrte und nach Wochen erst tot aufgefunden wurde.« Simone seufzte. »Aber jetzt bist du da! Komm, gehen wir zum Auto!«

Frank druckste. »Simone, ich weiß nicht, wo der Parkplatz ist. Ich habe keine Orientierung mehr.«

Mit großen Augen blickte Simone ihren Frank an, dann sagte sie gefasst: »Na ja, wenn nicht rufen wir mit dem Handy um Hilfe.«

Erschrocken griff Frank in die Seitentasche. Ja – Handy war da, wo es immer ist! Erleichtert holte er das Handy aus der Tasche und will wählen. »Ich hab vergessen, die Batterie aufzuladen.« Diesen Blick seiner Simone wird Frank so schnell nicht vergessen.

»Macht nichts, Simone! Wir gehen jetzt mitten durch den Wald, irgendwo kommen wir auf einen Weg und dem folgen wir. Wir leben in einem dicht besiedelten Gebiet, überall gibt es Ortschaften. Also los!«

Und so gingen die beiden Wanderer mitten durch den Wald. Die Sichtweite im Nebel betrug jetzt 10 Meter und alles schien im Nebel sich zu verwandeln. Schemenhaft nahmen sie Büsche und Bäume wahr. Manchmal stolperten sie über am Boden liegende Äste, dann ließ sie ein mächtiges Krachen erstarren. Keine drei Meter vor ihnen war eine stattliche Buche umgestürzt – einfach so vor ihre Füße.

»Haben wir ein Glück! Wäre er in die andere Richtung gefallen, hätte er uns erschlagen.« Frank schaute in das ängstliche Gesicht seiner Frau.

»Ja, wir müssen raus aus diesem verdammten Wald! Komm!« Und energisch bahnte sich Frank einen Weg durchs Gebüsch, seine Frau an der Hand hinter sich herziehend.

Nach hundert Metern erkannte Frank einen schmalen Waldweg, der kaum noch befahren wurde. Aber es war ein Weg und der musste zu einem anderen Weg führen. Also folgten sie ihm. Dann lichtete sich der Wald und ließ den Blick ins Nichts schweifen. Sie mussten am Waldrand angekommen sein. Jetzt sahen sie auch einen Holzpavillon. Es war ein Ausblick – das stand jedenfalls fest. Sehen konnten sie zwar nichts, aber hören. Ganz leise vernahm man die typischen Geräusche einer viel befahrenen Straße. Nur leise – sehr leise, aber da waren sich beide einig, das war eine Bundesstraße oder die Autobahn.

Frank stellte sich in Gedanken die Wanderkarte vor. Er war sich sicher. Vor ihnen lag das Tal mit der Autobahn und der Parkplatz liegt in der entgegengesetzten Richtung. Also müssen sie nach Osten, denn im Westen liegt dieses Tal, vor dem sie jetzt stehen.

So erklärte er das der Simone. Doch die meinte: »Wollen wir nicht ins Tal gehen und dann von dort zum Auto?!«

»Simone, dann müssten wir 15 Kilometer marschieren. Wir gehen jetzt auf diesem Waldweg und versuchen, die

Ostrichtung beizubehalten.« Frank wagte sogar einen Blick zum Himmel. Aber über ihm wallte nur der graue Nebel.

Er marschierte los, Simone verharrte noch. »Komm Simone! Wir werden den Parkplatz schon wieder finden!«

Frank strahlte Optimismus aus. Der war aber auch notwendig, denn Simones Augen zeigten ihrem Mann die Angst, die sie vor dem Verirren hatte. »Komm, Simone. Wir werden diesen verdammten Parkplatz schon finden. Irgendwann sehen wir ein bekanntes Merkmal und dann haben wir auch wieder die Orientierung.«

Simone wollte ihrem Frank glauben. Damit sie aber nicht noch einmal in diesem Nebel alleine war, fasste sie seine Hand. Und Frank drückte sie kräftig.

»Hast du gesehen?«, schrie Frank und zeigte in den Nebel. »Dort war eine menschliche Gestalt!« Und Frank schrie »Hallo!« und Simone stimmte ein. Doch der Mensch gab keinen Laut – war einfach verschwunden.

»Muss mich getäuscht haben«, murmelte Frank und betrachtete sorgenvoll das Gesicht seiner Simone. Sie war dem Weinen nahe – zu groß die Angst, völlig allein in diesem Wald zu sein.

Doch da war ein leises Geräusch, das den Nebel durchdrang: »Klack – klack – klack.«

»Hast du das gehört, Simone?!« Frank zog seine Frau hinter sich her. Mit großen Schritten wollten sie dieses »Klack – klack« einholen. Dann rannten beide, weil sie glaubten, dass das »Klacken« verschwand. Sie standen auf einer Wegekreuzung, aber einen Sportler, der Nordic Walking auch bei diesem Nebel frönte, den sahen sie nicht. Aber dafür entdeckte Frank ein Wegzeichen.

»Simone, schau die Nr. 3. Das Zeichen kenn ich. Jetzt müssen wir nur noch die Richtung bestimmen!«

Nur – in welche Richtung? Nach links oder rechts? Frank entschied sich für den rechten Weg. Trotz des dichten Nebels glaubte er zu erkennen, dass der Weg bergauf führte.

»Und wenn wir auf dem Berg sind, könnte man vielleicht über diesem verdammten Nebel sein.« So dachte Frank, ließ aber Simone in dem Glauben, er habe den richtigen Weg gefunden. Ja, der Weg führte nach oben, aber lichter wurde diese Nebelbrühe nicht.

Urplötzlich lichtete sich der Nebel und beide standen im prallen Sonnenlicht.

»Wir haben es geschafft!« jubelte Simone und fiel ihren Frank dankbar um den Hals. Sie stellten sich auf die Bergspitze und betrachten die graue wabernde Nebelmasse. Zwei Figuren zeichneten sich jetzt auf der Nebelmasse ab. Unwirklich und unheimlich sahen sie aus. Dreifache Menschengröße und sie bewegten sich! Simone fasste erneut Franks Hand. »Was ist denn das?«, fragte sie erschrocken.

»Der Bergdämon! Simone, wir haben das Berggespenst aufgescheucht! Und gleich zwei von ihnen!« Frank strahlte über das ganze Gesicht. Vergessen war die Anspannung der letzten Stunde. Solch ein Naturereignis sieht man nicht häufig. »Komm, wir lassen die Bergdämonen tanzen!« Und Frank hüpfte und schmiss die Beine, drehte seine Simone und die starrte verwundert auf die diffusen Nebelfiguren, die all ihre Bewegungen nachvollzogen. »Tanze, Simone! Schön langsam und ausdrucksvoll! Ich mache ein kurzes Video!« Er holte die Kamera aus dem Rucksack und filmte seine Frau, die einer Elfe gleich auf dem Berg tanzte.

Leichter Wind kam auf und verzerrte den Nebelschatten. »Das reicht Simone!«, rief Frank und verstaute die Kamera. »Komm auf die Bank. Wir genießen noch etwas diese Nebellandschaft.«

Genießen wollte Frank nicht – dass der Windhauch die Nebelbrühe davon weht, das hoffte er. Denn – ja, diesen Berg kannte er, aber in welcher Richtung liegt der Parkplatz?!

Während Frank im Rucksack etwas Essbares und das Trinken suchte, sagte Simone: »Weißt du Frank, jetzt versteh ich, warum in vielen Märchen sich Menschen im tiefen, dunklen Wald verlaufen haben. Ich kann ihre Angst nachvollziehen. Und ich kann mir vorstellen, wie es ist, wenn sie dann Menschen, die ihnen helfen konnten, getroffen haben.«

Und als wäre das das Stichwort, erklomm ein alter Mann leicht schnaubend, sich auf zwei Stöcken stützend, das Bergplateau. Er grüßte und setzte sich zu ihnen.

»Dieser verflixte Nebel«, sagte er zu den beiden. »Fast hätte ich doch den falschen Abzweig genommen. Man sieht ja die Hand vor Augen nicht. Solch eine Nebelbrühe habe ich hier noch nicht erlebt. Heute macht der Berg seinem Namen alle Ehre. Na ja, jetzt weiß ich wieder, wo ich bin.«

»Wie heißt denn der Berg?«, fragte Simone.

»Eigentlich heißt er der Kählberg, aber die alten Leute, einschließlich meiner Person, kennen ihn nur unter dem Namen »Geisterbuckel«. Hier sollen schon komische Sachen geschehen sein. Man erzählt sich gruslige Begebenheiten. Aber die meisten dieser Begebenheiten entstammen nur den Sagen. So – aber jetzt muss ich weiter. Wenn ich zu spät zu Hause bin, wird mein Irmchen sich nur wieder Sorgen machen.«

Er grüßte und wollte wieder den Berg hinunter, als ihn Frank aufhielt. »Sagen Sie, in welcher Richtung liegt der Parkplatz. Ist der Wanderweg Nr. 3 richtig?«

»Ach, das ist dann Ihr Auto, das so einsam auf dem Platz stand?! Ja, folgen Sie der 3! Keine 15 Minuten und Sie stoßen direkt auf Ihr Auto.«

Er zeigte noch in die Richtung, die sie gehen sollten, und war dann bereits in der grauen Nebelmasse untergetaucht. Frank sah nicht mehr sein Schmunzeln, hörte auch nicht die leisen Worte: »Verlaufen haben sie sich! Verlaufen!«

Exakt brauchten Frank und Simone noch 12 Minuten und sie saßen im Auto. »Bin ich froh!«, sagte Simone und gab ihrem Mann einen Kuss. »Diesen Berg streichen wir aus unserem Wanderprogramm. Hier bekommst du mich nicht mehr her! Der Berg ist wirklich ein Geisterberg.«

»Simone, das ist doch Quatsch, Geisterberg!? Alles ist doch erklärbar. Im Nebel kann man schon mal die Orientierung verlieren.«

»Und dieser Baum, der uns fast erschlagen hätte?«

»Pilze, die den Stamm oder die Wurzeln befallen und so den Baum zum Stürzen bringen.«

»Und das genau vor unserer Nase? Nee Frank, streiche diese Route!«

»Aber Simone, wir haben den Bergdämon gesehen. Weißt du, wie viele Menschen solch ein Glück haben, solch Naturschauspiel je zu sehen?!«

»Bergdämon hin oder her! Streiche diese Tour! Ich bin glücklich, wieder im Auto zu sitzen. Nun fahr aber auch schon los!«

Und Frank fuhr fast Schrittgeschwindigkeit. Nach 10 Minuten hielt er an.

»Was ist, Frank?«, fragte Simone verwundert.

»Ich weiß nicht, wo wir sind. Ich habe die Orientierung verloren!« Und Simone schaute mit großen ängstlichen Augen zu ihrem Frank und …

Joachim Größer

Im Nebel

Seltsam, im Nebel zu wandern!
Einsam ist jeder Busch und Stein,
Kein Baum sieht den andern,
Jeder ist allein.

Voll von Freunden war mir die Welt,
Als noch mein Leben licht war;
Nun, da der Nebel fällt,
Ist keiner mehr sichtbar.

Wahrlich, keiner ist weise,
Der nicht das Dunkel kennt,
Das unentrinnbar und leise
Von allen ihn trennt.

Seltsam, im Nebel zu wandern!
Leben ist Einsamsein.
Kein Mensch kennt den andern,
Jeder ist allein.

Hermann Hesse

»Was ich nicht erlernt habe, das habe ich erwandert.«

Johann Wolfgang von Goethe
1749 – 1832

Mark Twain, amerikanischer Schriftsteller, beschreibt in seinem Buch »Climbing the Rigi« seine Rigibesteigung, die er im Sommer des Jahres 1897 zusammen mit seinem Wandergenossen Harris unternahm. Heute ist dem humoristischen Schriftsteller dort ein Themenweg gewidmet.

Eine Rigibesteigung

Der Rigi kann per Eisenbahn, zu Pferde oder zu Fuß erstiegen werden, je nach Belieben des Reisenden. Ich und mein Freund warfen uns in Touristenanzüge und fuhren an einem herrlichen Morgen per Dampfboot den See hinauf. In Wäggis, einem Dorfe am Fuße des Berges, ¾ Stunden von Luzern, gingen wir ans Land.

Bald ging's behaglich und stetig den schattigen Fußweg hinauf und unsere Zungen waren, wie gewöhnlich, bald in schönster Bewegung. Alles ließ sich herrlich an, und wir versprachen uns nicht wenig, sollten wir doch zum erstenmal den Genuß eines Sonnenaufgangs in den Alpen erleben; das war ja der Zweck unserer Tour. Wir hatten anscheinend keinen triftigen Grund zu eilen, unser Reisehandbuch hatte den Weg von Wäggis bis zum Gipfel als nur 3¼ Stunden weit angegeben. Anscheinend sage ich, weil uns Bädeker schon einmal angeführt hatte.

Als wir etwa eine halbe Stunde gegangen waren, kamen wir in die richtige Stimmung für das Unternehmen und trafen Anstalt zum Steigen, das heißt, wir mieteten einen Burschen zum Tragen der Alpenstöcke, Reisetaschen und Überzieher, wodurch wir die Hände frei bekamen. Wahrscheinlich haben wir häufiger im schönen, schattigen Gras geruht, um ein paar Züge aus unseren Pfeifen zu thun, als unser Führer gewohnt war, denn plötzlich fuhr er uns mit der Frage an, ob wir ihn nach dem Tarif oder für's Jahr mieten wollten. Wir sagten, er möge immer voran gehen, wenn er Eile habe. Er erwiderte, Eile habe er eigentlich nicht, doch möchte er den Berg hinauf kommen, so lange er noch jung sei. Wir sagten ihm, er möge nur vorausgehen, das Gepäck im obersten Hotel abgeben und unsere baldige Ankunft melden. Er meinte, Zimmer wolle er für uns schon bestellen; wenn aber alles voll sei, wolle er ein neues Hotel bauen lassen und dafür sorgen, daß Maler- und Gipserarbeit trocken wären, bis wir ankämen. Unter solchen spöttischen Bemerkungen verließ er uns und war bald unsern Augen entschwunden.

Um 6 Uhr waren wir schon ein gutes Stück in der Höhe und die Aussicht hatte an Reiz und Umfang bedeutend zugenommen. Bei einem kleinen Wirtshause machten wir Halt, genossen im Freien Brot, Käse und ein oder zwei Liter frischer Milch, und dazu das großartige Panorama; – dann setzten wir uns wieder in Bewegung.

Nach 10 Minuten begegneten wir einem Engländer mit heißem, kupferrotem Gesicht, der in mächtigen Sätzen den Berg herabstürmte, indem er sich an seinem Alpstock immer eine tüchtige Strecke vorwärts schwang. Atemlos und schweißtriefend hielt er bei uns an und fragte, wie weit es bis Wäggis drunten am See sei.

»Drei Stunden!«

»Was? der See scheint ja so nahe, als ob man einen Kieselstein hineinwerfen könnte. Ist das ein Wirtshaus?«

»Ja.«

»Das ist recht! Ich kann es nicht noch einmal drei Stunden aushalten.«

Auf meine Frage, ob wir wohl nahe am Gipfel seien, rief er: »Meiner Treu! Ihr habt ja eben erst angefangen zu steigen!«

Ich schlug deshalb meinem Reisegenossen Harris vor, auch in besagtem Wirtshaus zu bleiben. Wir drehten um, ließen uns ein warmes Nachtessen bereiten und verlebten mit dem Engländer einen lustigen Abend. Die deutsche Wirtin gab uns hübsche Zimmer und gute Betten, und ich und mein Freund legten uns nieder mit dem Entschluß, früh genug aufzustehen, um unsern ersten Sonnenaufgang in den Alpen nicht zu versäumen. Aber wir waren todmüde und schliefen wie Nachtwächter; folglich war es, als wir am Morgen erwachten und ans Fenster stürzten, für den Sonnenaufgang schon zu spät: – es war halb 12 Uhr. Das war ein harter Schlag, doch trösteten wir uns mit der Aussicht auf ein gutes Frühstück und beauftragten die Wirtin, den Engländer zu rufen; aber sie erzählte uns, daß dieser unter allerlei Verwünschungen schon bei Tagesanbruch auf und davon gegangen sei. Wir konnten nicht auf den Grund seiner Erregung kommen. Er hatte die Wirtin nach der Höhe des Wirtshauses über dem See genau gefragt und sie hatte 1495 Fuß angegeben; diese Zahl mußte ihn ganz außer Rand und Band gebracht haben, denn er habe hinzugefügt: »In einem Lande, wie diesem, können Narren und Reisehandbücher einem in 24 Stunden mehr Bären aufbinden als sonstwo in einem Jahre.«

Gegen Mittag nahmen wir den Weg wieder unter die Füße und strebten frischen gewaltigen Schrittes dem Gipfel zu. Als wir etwa 200 Meter marschiert waren und anhielten, um zu rasten, blickte ich beim Anzünden meiner Pfeife von ungefähr nach links und entdeckte in einiger Entfernung eine Rauchsäule, die wie ein langer schwarzer Wurm lässig den Berg hinaufkroch. Das konnte nur der Rauch einer Lokomotive sein. Auf unsere Ellbogen gestützt, stierten wir das uns völlig neue Mirakel dieser Bergbahn an. Es erschien unglaublich, daß das Ding schnurgerade aufwärts kriechen konnte auf einer schiefen Ebene, steil wie ein Dach; es geschah aber vor unsern Augen: ein leibhaftiges Wunder.

Noch ein paar Stunden, und wir erreichten ein schönes zephyrumsäuseltes Hochthal, wo die Dächer der kleinen Sennhütten mit großen Steinen belegt waren, um sie am Grund und Boden festzuhalten, wenn die großen Stürme toben. Weit weg am andern Ufer des Sees konnten wir einige Dörfer erblicken und jetzt zum erstenmal ihre zwerghaften Häuser mit den Bergriesen vergleichen, an deren

Fuße sie schliefen.

Wenn man sich inmitten eines solchen Dorfes befindet, kommt es einem ziemlich ausgedehnt vor und die Häuser erscheinen stattlich, selbst im Verhältnis zu den hereinragenden Bergen; aber von unserm hohen Platze aus, welch eine Veränderung! Die Berge erschienen massenhafter und großartiger, dagegen waren die Dörfer so klein geworden, beinahe unsichtbar und lagen so dicht am Boden, daß ich sie nur vergleichen kann mit winzigen Erdarbeiten von Ameisen, überschattet von dem himmel- anstrebenden Bau eines Münsters. Die Dampfboote, welche drunten den See durchschnitten, erschienen in der Entfernung nur noch so groß wie Kinderspielzeug und vollends die Segel- und Ruderboote wie winzige Fahrzeuge, bestimmt für die Elfen, die in Lilienkelchen haushalten und auf Brummhummeln zu Hofe reiten.

Wir gingen weiter und stießen bald auf ein halbes Dutzend weidender Schafe unter dem Gischt eines Gießbaches, der wohl hundert Fuß hoch sich am Felsen herabstürzte. Doch horch! Ein melodisches »Lal ... l ... l ... lal, ... loil-lahi-o-o-o!« trifft unser Ohr. Wir hören zum erstenmal das berühmte Alpenjodeln inmitten der wilden Gebirgsgegend, in der es heimisch ist. Es ist jenes seltsame Gemisch von Bariton und Falsett, das wir zu Hause Tiroler Triller nennen.

Das Gejodel war hübsch und munter anzuhören und bald erschien der Jodler – ein Sennbub von 16 Jahren. In unserer Freude und Dankbarkeit gaben wir ihm einen Franken, damit er weiter jodle. Er jodelte und wir lauschten. Beim Weitergehen jodelte er uns großmütig außer Sicht. Ebenso der zweite, auf den wir eine Viertelstunde später stießen, und dem wir seine Kunst mit einem halben Franken bezahlten.

Von nun an begegneten wir alle zehn Minuten einem Jodler; dem ersten gaben wir 8 Cts., dem zweiten 6, dem dritten 4, dem vierten 1 Cts., Nummer 5, 6, 7 erhielten gar nichts! Für den Rest des Tages erkauften wir das Stillschweigen der übrigen Jodler mit 1 Fr. per Kopf. Man bekommt es unter solchen Umständen doch schließlich satt.

Zehn Minuten nach 6 Uhr erreichten wir die Kaltbadstation, wo ein geräumiges Hotel mit Verandas steht, die einen weiten Umblick auf Berge und Seen gestatten. Wir waren nicht so sehr ermüdet, aber, um am andern Morgen ja den Sonnenaufgang nicht zu verschlafen, machten wir unsere Mahlzeit so kurz als möglich und eilten zu Bett. Es war unaussprechlich angenehm, unsere steifen Glieder in den kühlfeuchten Betten auszustrecken. Und wie fest wir schliefen! Kein Schlaftrunk wirkt so trefflich, wie eine solche Alpenfußtour.

Morgens erwacht, waren wir beide mit einem Sprung aus den Federn und an den Fenstern; wir zerrten die Vorhänge zurück, erfuhren aber leider eine neue herbe Enttäuschung: Es war nämlich schon halb 4 Uhr mittags. In sehr mürrischer Laune kleideten wir uns an, wobei jeder dem andern die Schuld in die Schuhe schob. Harris meinte, wenn ich ihm gefolgt wäre und wir den Reisediener mitgenommen hätten, wäre uns dieser Sonnenaufgang nicht entgangen. Ich behauptete dagegen, daß dann einer von uns hätte aufbleiben müssen, um den Diener zu wecken, außerdem hätten wir Mühe genug mit uns selbst auf dieser Klettertour, auch ohne die Sorge für den Reisediener.

Das Frühstück regte unsere Lebensgeister wieder etwas an, besonders auch die beruhigende Versicherung im Bädeker, oben auf dem Rigi brauche der Reisende nicht besorgt zu sein, daß er den Sonnenaufgang verschlafe, er werde vielmehr bei Zeiten von einem Mann geweckt, der mit einem großen Alphorn von Zimmer zu Zimmer gehe und seinem Instrumente Töne entlocke, die Tote zu erwecken imstande seien; und noch eine andere Bemerkung des Reisehandbuches tröstete uns, die Versicherung nämlich, daß oben in den Rigi-Hotels die Gäste sich morgens nicht ganz anzukleiden brauchen, sondern sich einfach ihrer roten Bettteppiche bemächtigen und mit diesen, wie Indianer drapiert, ins Freie stürmen. O, das muß schön und romantisch sein! – 250 Personen auf dem windigen Gipfel gruppiert, mit fliegenden Haaren und wehenden roten Bettteppichen, in der feierlich ernsten Gegenwart der schneeigen Bergspitzen, beleuchtet von den ersten Strahlen der aufgehenden Sonne, das muß ein herrlicher und denkwürdiger Anblick sein.

Unter diesen Umständen war es fast ein Glück, kein Unglück, daß wir die früheren Sonnenaufgänge verfehlt hatten. Nach dem Reisehandbuch waren wir nun 3228 Fuß über dem Spiegel des Sees und konnten somit volle Zweidrittel unserer Wanderung als vollendet betrachten. Wir brachen 1/4 nach 4 Uhr nachmittags von neuem auf; etwa hundert Schritte über dem Hotel verzweigte sich die Bahnlinie, der eine Arm ging gerade aufwärts den steilen Berg hinan, der andere bog nach rechts ab in ziemlich sanfter Steigung; wir folgten dem letzteren über eine Meile, bogen um eine Felsenecke und kamen in Sicht eines neuen hübschen Hotels. Wären wir gleich weitergegangen, so hätten wir den Gipfel erreicht, aber Harris wollte allerhand Erkundigungen einziehen. Er wurde belehrt – und zwar falsch, wie gewöhnlich, daß wir umkehren und den andern Weg gehen müßten. Dies kostete uns eine schwere Menge Zeit.

Wir kletterten und kletterten; wir kamen wohl über vierzig Hügel, aber immer erschien ein neuer so groß wie die frühern. Es begann zu regnen; wir wurden durch und durch naß und es war bitter kalt. Dampfende Nebelwolken deckten bald den ganzen Abgrund zu; der Eisenbahndamm, auf welchen wir stießen, war unser einziger Wegweiser! Manchmal krochen wir längs desselben ein Stück weit fort, allein als sich der Nebel etwas zerteilte, bemerkten wir mit Schrecken, daß wir uns mit dem linken Ellbogen über einem bodenlosen Abgrund befanden, weshalb wir eiligst wieder den Bahndamm zu erreichen trachteten.

Die Nacht brach ein, rabenschwarz, nebelig und kalt. Etwa um 8 Uhr abends hob sich der Nebel etwas und ließ uns einen ziemlich undeutlichen Pfad erblicken, der links aufwärts führte. Diesen Weg einschlagend, waren wir eben weit genug weg vom Eisenbahndamm, um denselben nicht wieder finden zu können, als auch schon wieder eine Nebelwolke herabschoß und alles in undurchdringliches Dunkel hüllte.

Wir befanden uns an einem rauhen, dem Unwetter vollkommen preisgegebenen Ort, und waren genötigt, auf- und abzugehen, um uns warm zu machen, obgleich wir dadurch Gefahr liefen, gelegentlich in einem Abgrund zu verschwinden.

Um 9 Uhr machten wir die wichtige Entdeckung, daß wir jeden Pfad verloren hatten. Wir krochen auf Händen und Knieen umher, konnten ihn aber nicht mehr finden; somit setzten wir uns wieder in das nasse Gras und warteten das Weitere ab. Plötzlich jagte uns eine ungeheure dunkle Masse, die vor uns auftauchte, nicht geringen Schrecken ein; sie verschwand aber alsbald wieder im Nebel, es war, wie wir später erfuhren, das längst ersehnte Rigi-Kulm-Hotel, aber die nebelhafte Vergrößerung ließ es uns als den gähnenden Rachen eines tödlichen Abgrundes erscheinen.

Da saßen wir nun eine lange Stunde mit klappernden Zähnen und zitternden Knieen, den Rücken gegen den vermeintlichen Abgrund gekehrt, weil von dorther etwas Zugluft zu verspüren war. Dabei ereiferten wir uns leidenschaftlich, denn jeder wollte dem andern die Dummheit in die Schuhe schieben, den Bahnkörper verlassen zu haben. Nach und nach wurde der Nebel dünner und als Harris zufällig um sich blickte, stand das große, hell erleuchtete Hotel da, wo vorher der Abgrund gewesen war. Man konnte beinahe Fenster und Kamine zählen.

Unser erstes Gefühl war tiefer, unaussprechlicher Dank, unser zweites rasende Wut, weil das Hotel wahrscheinlich schon seit dreiviertel Stunden sichtbar gewesen war, während wir pudelnaß dasaßen und uns zankten.

Ja, es war das Rigi-Kulm-Hotel auf dem Gipfel des Rigi, und wir fanden dort die Zimmer, die unser Bursche für uns bestellt hatte, – allerdings bekamen wir zuvor die hochmütige Ungefälligkeit des Portiers und des sonstigen Dienstpersonals gründlich zu kosten.

Wir verschafften uns trockene Kleider, und während unser Abendbrot bereitet wurde, irrten wir einsam durch eine Anzahl höhlengleicher Wohnräume, von denen eines einen Ofen besaß. Dieser Ofen in einer Ecke des Zimmers war von einer lebendigen Wand der allerverschiedensten Menschenkinder umgeben. Da wir nun nicht ans Feuer herankommen konnten, wandelten wir in den arktischen Regionen der weiten Säle umher, unter einer Menge Menschen, die schweigend, in sich verloren und wie versteinert das Problem zu ergründen suchten, warum sie wohl solche Narren gewesen waren, hierher zu kommen. Einige davon waren Amerikaner, einige Deutsche, die weitaus überwiegende Mehrzahl aber waren Engländer. In einem der Räume drängte sich alles um die »Souvenirs du Righi«, die dort feilgeboten werden. Ich wollte zuerst auch ein geschnitztes Falzbein mit Gemshorngriff mitnehmen; ich sagte mir jedoch, daß mir der Rigi mit seinen Annehmlichkeiten wohl auch ohnedies in guter Erinnerung bleiben würde, – und erstickte deshalb das Gelüste.

Das Abendessen erwärmte uns, und wir gingen sofort zu Bette – d. h. nachdem ich an Bädeker noch einige Zeilen geschrieben hatte. Derselbe ersucht nämlich die Touristen, ihn auf etwaige Irrtümer in seinem Reisehandbuch aufmerksam zu machen. Ich schrieb ihm, daß er sich, indem er den Weg von Wäggis bis zum Gipfel nur zu 3¼ Stunden angebe, just um drei Tage geirrt habe. Eine Antwort habe ich nie erhalten, auch ist im Buche nichts geändert worden – mein Brief muß also wohl verloren gegangen sein.

Wir waren so todmüde, daß wir sofort einschliefen und

uns nicht regten noch bewegten, bis die herrlichen Töne des Alphorns uns weckten. Man kann sich denken, daß wir keine Zeit verloren, sondern schnell ein paar Kleidungsstücke überwarfen, uns in die praktischen roten Teppiche wickelten und unbedeckten Hauptes in den pfeifenden Wind hinausstürzten. Wir erblickten ein großes hölzernes Gerüste, gerade am höchsten Punkte der Spitze. Dorthin lenkten wir unsere Schritte, krochen die Stufen hinauf und standen da, erhaben über der weiten Welt, mit fliegenden Haaren und im Wind flatternden roten Teppichen.

»Mindestens fünfzehn Minuten zu spät!« sagte Harris mit trauriger Stimme, »die Sonne steht schon über dem Horizont.«

»Schadet nichts,« erwiderte ich, »es ist dennoch ein großartiger Anblick und wir wollen ihn noch weiter genießen, bis die Sonne höher steht.«

Einige Minuten waren wir tief ergriffen von dem wunderbaren Anblick und für alles andere tot. Die große, klare Sonnenscheibe stand jetzt dicht über einer unendlichen Anzahl weißer Zipfelmützen – bildlich gesprochen. Es war ein wogendes Chaos riesiger Bergmassen, die Spitzen geschmückt mit unvergänglichem Schnee und umflutet von der goldenen Pracht des zitternden Lichtes, während die glänzenden Sonnenstrahlen durch die Risse einer der Sonne vorgelagerten schwarzen Wolkenmasse, gleich Schwertern und Lanzen aufschossen zum Zenith.

Wir konnten nicht sprechen, ja kaum atmen; wir standen in trunkener Verzückung und sogen diese Schönheit ein, als Harris Plötzlich schrie: »Verd – sie geht ja unter!« Wahrhaftig, wir hatten das Morgenhornblasen überhört, hatten den ganzen Tag geschlafen und waren erst am Blasen des Abendhorns aufgewacht: das war niederschmetternd.

Auf einmal sagte Harris: »Allem Anschein nach ist nicht die Sonne der Gegenstand die Aufmerksamkeit der unter uns versammelten Menschen, sondern wir, hier oben auf diesem Gerüst, in diesen eselhaften Teppichen. 250 fein gekleidete Herren und Damen starren uns an und kümmern sich kein Haar um Sonnenauf- oder Niedergang, so lange wir ihnen ein derartiges lächerliches Schauspiel bieten. Die ganze Gesellschaft will ja vor Lachen bersten und das junge Mädchen dort wird nächstens platzen. In meinem Leben ist mir kein solcher Mensch vorgekommen wie Sie!«

»Was habe ich denn gethan?« erwiderte ich erregt.

»Sie sind um halb 8 Uhr abends aufgestanden, um den Sonnenaufgang zu sehen, ist das nicht genug!?«

»Und haben Sie nicht dasselbe gethan? möchte ich wissen; ich bin immer mit der Lerche aufgestanden, bis ich unter den versteinernden Einfluß Ihres ausgetrockneten Gehirns kam.«

»Schämen Sie sich nicht, in diesem Aufzug auf einem vierzig Fuß hohen Schaffot auf dem Gipfel der Alpen zu stehen, unter uns eine endlose Zuschauermenge? Ist das der Schauplatz für derartige Expektorationen?!« So ging der Streit in diesem Maskenanzug fort. Als die Sonne untergegangen war, schlichen wir uns ins Hotel zurück und wieder zu Bett. Wir begegneten dem Hornbläser auf dem Wege dahin, und er versprach, uns morgen sicher zu wecken.

Er hielt Wort, wir hörten das Alphorn und standen sofort auf; es war finster und kalt. Als ich nach dem Zündhölzchen umhertappend mit schlotternden Händen eine Anzahl Dinge zerbrach und zu Boden warf, wünschte ich, die Sonne möchte bei Tag aufgehen, wo es hell, warm und angenehm ist.

Es gelang uns endlich, uns bei dem zweifelhaften Licht zweier Kerzen anzukleiden; doch konnten wir mit unsern zitternden Händen nichts zuknöpfen; ich überlegte, wie viel glückliche Menschen in Europa, Asien, Amerika etc. jetzt friedlich in ihren Betten ruhten und nicht aufzustehen brauchten, um den Rigi-Sonnenaufgang zu sehen. In diesen

Gedanken versunken hatte ich etwas zu ausgiebig gegähnt, so daß ich mit einem meiner Zähne an einem Nagel über der Thür hängen blieb. Während ich auf einen Stuhl stieg, um mich loszumachen, zog Harris die Vorhänge zurück und sagte – »O! Welches Glück! wir brauchen ja nicht einmal das Zimmer zu verlassen – da unten liegen die Berge in ihrer ganzen Ausdehnung.«

Das war erfreulich; in der That, man konnte die großen Alpenmassen sich in unsichern Umrissen gegen das schwarze Firmament abheben und einen oder zwei Sterne durch das Morgengrauen schimmern sehen. Gut angekleidet und warm versorgt in den wollenen Teppichen stellten wir uns am Fenster auf mit brennenden Pfeifen und in unterhaltendem Geplauder, in behaglicher Erwartung eines Sonnenaufgangs bei Kerzenbeleuchtung. Nach und nach verbreitete sich ein leichtes ätherisches Licht in unmerklicher Zunahme über die luftigen Spitzen der Schneewüste, – doch auf einmal schien ein Stillstand eingetreten zu sein; ich sagte:

»Mit diesem Sonnenaufgang scheint es einen Haken zu haben. Es will nicht recht gehen. Was meinen Sie, daß schuld sei?«

»Ich weiß nicht, es macht den Eindruck, wie wenn irgendwo Feuer wäre. Ich sah nie solch einen Sonnenaufgang.«

»Nun, was mag wohl der Grund sein?«

Harris sprang jetzt mit einemmal auf und rief: – »Ich hab's! Ich hab's! wir sehen ja dorthin, wo gestern abend die Sonne unterging!«

»Vollkommen richtig! Warum haben Sie das nicht früher gemerkt? Jetzt haben wir wieder einen verfehlt; und alles durch Ihre Dummheit. Ja! Das sieht nur Ihnen gleich, eine Pfeife anzuzünden und den Sonnenaufgang im Westen zu erwarten.«

»Es sieht mir auch gleich, den Irrtum entdeckt zu haben; Sie hätten das doch nie gemerkt! Ich muß alle diese

Dummheiten entdecken!«

»Sie machen sie alle! Aber wir wollen die Zeit nicht mit Streiten verlieren, vielleicht kommen wir doch noch rechtzeitig!« Allein es war zu spät, die Sonne war schon weit oben, als wir auf den Platz kamen. Wir begegneten der heimkehrenden Menge – Herren und Damen in allerlei komischer Bekleidung und mit frierenden Gesichtern. Etwa ein Dutzend waren noch auf dem Platze. Sie suchten mit Reisehandbuch und Panorama jeden Berg zu bestimmen und die verschiedenen Namen und Formen ihrem Gedächtnis einzuprägen. Es war ein betrübender Anblick.

Nach meiner Schätzung brauchten wir einen Tag, um zu Fuße nach Wäggis oder Bitznau zu kommen; soviel war aber sicher, daß wir mit der Bahn etwa eine Stunde brauchen würden und deshalb wählte ich das Letztere.

Eine herrliche Thalfahrt auf der schwindelnden Bergbahn, die uns eine Wunderwelt gleich einer Reliefkarte zu unsern Füßen ausgebreitet sehen ließ, bildete den würdigen Schluß unserer ereignisreichen Rigibesteigung mit ihrem verunglückten Sonnenaufgang.

Mark Twain, 1879

Der Wanderer an den Mond

Ich auf der Erd', am Himmel du,
Wir wandern beide rüstig zu:
Ich ernst und trüb, du mild und rein,
Was mag der Unterschied wohl sein?

Ich wandre fremd von Land zu Land,
So heimatlos, so unbekannt;
Berg auf, Berg ab, Wald ein, Wald aus,
Doch bin ich nirgend, ach! zu Haus.

Du aber wanderst auf und ab
Aus Ostens Wieg' in Westens Grab,
Wallst Länder ein und Länder aus,
Und bist doch, wo du bist, zu Haus.

Der Himmel, endlos ausgespannt,
Ist dein geliebtes Heimatland;
O glücklich, wer, wohin er geht,
Doch auf der Heimat Boden steht!

Johann Gabriel Seidl

*»Raube dem Pilger die Hoffnung, an sein Ziel zu gelangen,
und die Kräfte des Wanderers brechen zusammen.«*

Wilhelm von Saint-Thierry, Zisterzienser, Abt und Seliger, um
1075/1080 – 1148)

Auf dem Chemin de Régordane

Im Jahre 2011, als ich auf dem Chemin de R. L. Stevenson unterwegs war, übernachtete ich in einer *Chambre d'hôtes et Gîte d'étape* in Pradelles. Das kleine Dorf, mit etwa 600 Seelen im Département Haute-Loire in der Auvergne gelegen, zählt zu den schönsten Dörfern Frankreichs. Wie in einer *Chambre d'hôtes* so üblich, speist man abends im Kreise der Familie.

Beim Apéritif plauderte ich mit den freundlichen Gastgebern über mein Vorhaben, den kompletten Stevensonweg über rund 250 km von Le Puy-en-Velay bis nach Alès zu wandern. Voll Respekt vor meiner Absicht, erzählte mir der Wirt, dass ein zweiter, ebenso berühmter Wanderweg durch das Dorf führe, nämlich der Chemin de Régordane. Um das zu dokumentieren, kam er gleich mit einem großen dicken Bildband herbeigeeilt.

Im Buch wechselten sich wunderschöne Fotos von friedlichen mittelalterlichen Dörfern, geheimnisvollen Burgen, Kirchen und Kathedralen ab, mit faszinierenden Landschaften, Bergen, Höhen und Tälern. Der alte Pilger- und Handelsweg startet, so wie der Stevensonweg auch, in Le Puy-en-Velay in der Auvergne und führt in südlicher Richtung bis nach Saint-Gilles-du Gard, einem Pilgerstädtchen in der Petite Camargue.

Mein Interesse war geweckt. Das wäre doch auch etwas für mich, versuchte mich der Wirt zu begeistern, klopfte mir freundlich auf die Schulter und bat zu Tisch. Entenkeule mit Kartoffelauflauf war aufgetischt und dazu ein dunkler Côtes du Rhône. Nachdem ich noch ein Stückchen Käse und ein Vanilleeis vertilgt hatte, wurde ich schläfrig, dankte den Gastgebern für das gute Diner und begab mich in die Schlafkammer. Bevor ich zu Bett ging, notierte ich ins Notizheft: Chemin de Régordane.

Zwei Jahre später führte mich dann meine Wanderleidenschaft über den Régordaneweg, der als GR 700 ausgezeichnet ist und auf kurzen Teilstrecken identisch mit dem Stevensonweg verläuft. Am zweiten Wandertag um die Mittagszeit – ich kam von Landos und wanderte in Richtung Pradelles – verlief der Weg über ein Plateau aus saftigen gelbweißviolett gepunkteten Wiesen und Weiden, die auf mich wie eine märchenhafte Augenweide wirkte. Leider, aber voll Verständnis beobachtete ich, dass diese bunt gemischte Blumenwiese von gefräßigen, weißen Kühen abgegrast wurde.

Dann sah ich, nachdem ich ein großes, steinernes Wegkreuz passiert hatte, plötzlich in einiger Entfernung vor mir einen einsamen Wanderer dahintrotten. Unterstützt durch zwei Wanderstöcke, hätte man seine Fortbewegungsart fast als »vierbeiniges Spazierengehen« bezeichnen können. Folglich dauerte es auch nicht mehr lange, bis ich ihn ein- und überholt hatte. Ich grüßte den großen schwergewichtigen Mann in mittlerem Alter, der schon etwas müde schien, aber mit einem freundlichen Lächeln im schweißtriefenden Gesicht meinen Gruß erwiderte. Im Vorbeigehen bemerkte ich noch, so aus den Augenwinkeln heraus, dass er von Kopf bis Fuß in einer neuen, exklusiven Wanderkluft unterwegs war. Ich dachte bei mir, Anfänger, wo will der denn hin.

Am späten Nachmittag, ich war schon eine Weile in Pradelles, meinem Etappenziel, genoss ich auf einer Bank in der Dorfmitte verträumt die letzten Sonnenstrahlen des Tages. Vor fast genau zwei Jahren saß ich schon einmal auf dieser Bank und streckte die müden Beine aus. Dann sah ich, wie der Alleinwanderer von heute Mittag über die Hauptstraße her angeschlendert kam. Gut gelaunt hob er seinen Stock zum Gruße. Er blieb kurz stehen und erklärte mir, dass sich seine Unterkunft im unteren Dorfzentrum befände. Ich musterte diesen großen sehr fettleibigen Mann, dessen schweißgebadetes Vollbartgesicht mir ein breites Grinsen schenkte. Als er den hutbedeckten Kopf etwas nach vorne neigte, um besser über die Sonnenbrille blicken zu können, sah ich in ein Paar gutmütige Augen. Von seinem Bart tropften Schweißperlen, die über die ganze Brust hin auf dem Polohemd einen dunklen Fleck hervorbrachten, der fast bis zu den Achseln reichte. Am linken Arm hatte er mit einer interessanten Drahtkonstruktion die Wanderkarte befestigt und am rechten Handgelenk schaukelte das Smartphone. Begleitet vom Geklapper seiner Wanderstöcke zog er gemütlich, aber zielstrebig weiter. Als ich ihm nachblickte, ahnte ich schon, dass ich diesen ungewöhnlichen Wanderer noch öfters treffen werde.

Durch das mittelalterliche Stadttor »Portail du Besset« verließ ich am anderen Morgen gegen zehn Uhr Pradelles in Richtung Langogne. Der sanft abfallende Weg, der hier identisch mit dem Stevensonweg verläuft, führte mich hinunter ins Tal der Allier. Mit dem Überqueren der Brücke verlässt man hier die Haute-Loire und erreicht in Langogne das Département Lozère. Trotz historischer Altstadt, Markthalle und romanischer Kirche, verließ ich ziemlich schnell, allerdings nicht ohne zuvor noch einen »Petit café« in einem kleinen Bistro zu schlürfen, das hektische Treiben dieser Kleinstadt.

Strammen Schrittes erreichte ich bald offenes Gelände. Genau an der Stelle, wo sich Régordane- und Stevensonweg trennen, hatte ich meinen fröhlichen Wanderer vom Vortage wieder eingeholt. Wir ließen den Stevensonweg links liegen und liefen eine Weile nebeneinander her, was mir nicht leicht viel, denn zum Spazierengehen war mir an diesem schönen Sonnentag wirklich nicht zumute. Ich erfuhr, dass er Marcel heißt, auf dem Régordaneweg unterwegs sei und in absehbarer Zeit sein Ziel Saint-Gilles-du Gard am Mittelmeer erreichen wolle, um dort in der Krypta der Abteikirche eine Kerze anzuzünden. Dabei strahlte er zuversichtlich im ganzen Gesicht. Ich versuchte, mir meine Zweifel über sein Vorhaben nicht anmerken zu lassen. Dann werden wir uns wohl noch öfter treffen, sagte ich zu ihm und zog den Hut, um mich mit »Bonne chance et une bonne randonnée« zu verabschieden.

Während ich wieder in meinen flotten Schritt verfiel, dachte ich bei mir, der arme Kerl ist ja jetzt schon schweißgebadet und halb am Ende. Wie will der das schaffen? Immerhin lagen noch rund 200 km vor unserem gemeinsamen Ziel, allerdings mit dem Unterschied, dass ich nicht vorhatte, dort in der Krypta eine Kerze anzuzünden. So wanderte ich in Gedanken versunken weiter, mal auf, mal ab, und manchmal auch eben, genoss einen herrlichen Ausblick ins Tal der Allier und passierte den wunderschön gelegenen Waldsee Lac de Louradou. So stieß ich wieder auf den Stevensonweg, markiert als GR 70, der ab hier identisch mit dem Régordaneweg bis nach La Bastide-Puylaurent verläuft. Am Nachmittag erreichte ich dieses kleine Bergdörfchen, das in einer Höhe von über 1000 Metern von dem Fluss Allier durchquert wird.

Die Sonne hinterließ einen hellblauen und dunkelroten Wolkenhimmel, nachdem sie hinter dem Bergmassiv des Mont Lozère abgetaucht war. Ich saß gerade vor dem Hôtel de la Grand' Halte auf der Terrasse und nippte an einem Pastis, als die Frohnatur Marcel gemächlich daher gewandert kam. Diesmal klemmte er einen Stock unter den Arm und zog den Hut zum Gruße. Völlig erschöpft, klitschnass von Kopf bis Fuß und nichtsdestotrotz mit einer fröhlichen und zufriedenen Miene, gesellte er sich zu mir. Dann bat er mich, ihn, mit dem Hotel im Hintergrund, zu fotografieren und reichte mir sein Smartphone. Nachdem ich ihn in voller Montur geknipst hatte, guckte er begeistert auf das Display und tupfte und wischte ein paarmal auf ihm hin und her. Dann gab er mir zu verstehen, dass er das Foto an seine Töchter schicke, so als Lebenszeichen. »Merci, à bientôt«, und schleppte sich mit letzter Kraft in Richtung Rezeption.

Am anderen Morgen, als ich das 180 Seelendorf La Bastide-Puylaurent verließ, war Marcel schon längst über alle

Berge. Nun fing ich so langsam an, ihn zu bewundern und revidierte meinen ersten Eindruck voller Respekt. Aber ich wusste, spätestens gegen Mittag, würde ich wieder für ein Weilchen neben ihm herlatschen. So war es dann auch. Bereits hinter dem Weiler von Le Thort hatte ich ihn eingeholt. Ich säumte mich nicht lange, denn bis Villefort war noch ein gutes Ende zu laufen. Er wolle ein paar Kilometer vorher in der Nähe des Lac de Villefort übernachten, meinte er.

Ich marschierte also weiter über Stock und Stein, talauf und talab, genoss wieder mal schöne Aussichten und rastete in La Garde-Guérin, einem charmanten mittelalterlichen Wehrdorf, das im 12. Jahrhundert zum Schutz der Pilger erbaut wurde. Dann ging es auf einen angenehm zu laufenden Weg bergab, der wunderschöne Ausblicke über die Höhenzüge des Mont Lozère und den Stausee von Villefort bot. Nachdem ich die Talsohle erreicht hatte, verlief der Weg noch eine Weile am See entlang und führte mich dann über die imposante Staumauer endlich in die Stadt.

Erst am nächsten Tag, wiederum so um die Mittagszeit, stieß ich auf Marcel. In Génolhac, ein ebenfalls mittelalterlich geprägtes Städtchen, saß er gegenüber dem Hôtel du Commerce alleine auf der Freiluftterrasse unterm Sonnenschirm zu Tisch und verzehrte genüsslich einen bunten Salatteller. Kommen Sie, setzen Sie sich zu mir, rief er begeistert, als er mich sah, rückte einen Stuhl zurecht, auf den er einladend mit seiner Gabel wies. Warum nicht, dachte ich, setzte mich zu ihm und bestellte einen kühlen Perrier. Im Gespräch stellten wir fest, dass wir im Städtchen Chamborigaud, unserem nächsten Etappenziel, im gleichen Hotel übernachten werden. Ich erzählte ihm, da nun gut die Hälfte der Strecke geschafft sei, dass ich dort im Hôtel les Cevennes, einen Tag Ruhe eingeplant hätte. Lachend gab er mir zu verstehen, dass ein Rasttag für ihn nicht in Frage käme.

Ich begann diesen Kerl immer mehr zu bewundern, weil

er die doppelte Zeit wie ich brauchte, um unsere Etappenziele zu erreichen, aber am Folgetag wieder frisch und gutgelaunt in aller Frühe zum nächsten Zielort startete. Dann werden wir uns wohl ab morgen nicht mehr sehen, stellte ich mit einem Hauch von Melancholie fest. Aus diesem Grund vereinbarten wir, am Abend gemeinsam das Dîner einzunehmen. Ich schnallte wieder meinen Rucksack und marschierte durch eine mit Natursteinen gemauerte Häuserschlucht über die Grand Rue, die man eher als breite Gasse bezeichnen könnte, in südlicher Richtung zum Ortsausgang. Daraufhin kehrte ich dem gemütlichen Städtchen Génolhac den Rücken und folgte dem gut markierten Régordaneweg, der mich am Nachmittag nach Chamborigaud brachte.

Den ersten leichten Schmerz verspürte ich in meinem rechten Fuß, nachdem ich im Hôtel les Cevennes auf meinem Zimmer den Rucksack abgestellt hatte, um mich eine Weile auf dem Bett flach zu legen. Na ja, dachte ich bei mir, die berühmte Salbe, für die immer kurz vor den Zwanziguhrnachrichten vielversprechend geworben wird, wird die Sache schon wieder richten. Im Übrigen habe ich ja morgen meinen Entspannungstag.

Am Abend saßen wir gemütlich auf der überdachten Terrasse des Hotels. Serviert wurde geschmorte Lammkeule in Rotwein, gespickt mit Minze und Rosmarin, dazu grüne Bohnen und Backofenkartoffeln, die reichlich mit Kräutern der Provence bestreut waren. Ein anspruchsvoller dunkelroter Côtes du Rhône war der ideale Begleiter zu diesem köstlichen Gericht.

Marcel plauderte munter aus dem Leben. Er erzählte mir, dass er aus Le Puy komme und dort als Direktor an einer Hochschule tätig sei. Auf dem Régordaneweg sieht er sich als Pilger, mit dem Ziel, auch gegen seine Krankheit anzukämpfen. Dabei zeigte er auf die rechte Seite unterhalb seines üppigen Bauches und nannte mir einen medizinischen Ausdruck, den ich aber nicht verstand. Hier befand sich unter dem Hemd, was mir schon früher aufgefallen war, eine beulenartige Erhebung. Ich vermutete einen Behälter für einen künstlichen Ausgang. Mit den beiden Töchtern steht er mit dem Smartphone in ständigem Kontakt und wäre über das integrierte GPS immer und überall lokalisierbar. Sie würden ihn, um im Falle eines Falles schnell zur Stelle sein zu können, in einer bestimmten Distanz permanent begleiten.

Ich bewunderte nicht nur die Unbekümmertheit, mit der er mir das alles mit einem verschmitzten Lächeln erzählte, sondern ich empfand auch eine große Hochachtung für diesen Mann. »C'est la vie, mon amie«, sagte er strahlend zu mir und hob sein Weinglas, um mit mir zu prosten. Als Dessert wurde Mousse au Chocolat mit roten Johannisbeeren serviert. Zu guter Letzt beendeten wir unser Dîner mit einem sehr wohlschmeckenden Kastanienlikör. Wir verabschiedeten uns herzlich, denn morgen früh würde er wieder zeitig auf den Beinen sein. Er steckte meine Visitenkarte ein und versprach mir, sich nach Ende der Tour mal zu melden.

Einen langweiligen Tag verbrachte ich in Chamborigaud, wusch meine Klamotten, versorgte die Füße und dachte immer wieder mal an Marcel. Zwei Tage später humpelte ich über die Pont de Rochebelle, die den Fluss Gardon quert und ins Stadtzentrum von Alès führt. Die letzten Kilometer Asphaltwandern verschafften mir nicht nur heiße Füße, sondern sorgten auch dafür, dass sich um das Grundgelenk des rechten großen Zehs ein äußerst unangenehmer Schmerz ausbreitete. Folglich suchte ich zunächst nach einer Apotheke. Mit Schmerzmittel und Salbe in der Nylontüte, der Apotheker sprach von Wundermitteln, hinkte ich ins Hôtel Orly, wo ich meinen Fuß liebevoll pflegte und eine Tablette schluckte. Die Schmerzen ließen tatsächliche etwas nach.

Am folgenden Tag schaffte ich es eher wie ein lahmer Gaul bis nach Vézénobres. Ohne Marcel zu nahe treten zu wollen, aber viel schneller als er war ich bestimmt nicht. Zuletzt musste ich mich noch von diesem schmucken mittelalterlichen Dorf, das malerisch von Weinfeldern umgeben an einem Südhang klebt, über steile Treppen und Wege humpelnd ins Tal quälen. Dann erreichte ich endlich mit schmerverzogenem Gesicht das Hotel Le Relais Sarrasin. Nachdem ich geduscht und den Fuß, in erster Linie das geschwollene Gelenk der dicken Zehe, versorgt hatte, gönnte ich mir ein üppiges Abendessen und dazu einen hervorragenden Wein, der den Schmerz vergessen ließ. Plötzlich schoss mir in den Kopf: Schaffst du es überhaupt bis Saint-Gilles-du Gard? Sofort dachte ich an den kranken Marcel und verdrängte den Gedanken schnell wieder.

Der nächste Morgen fing zunächst noch gut an. Die Schwellung am Fuß war zurückgegangen und der Schmerz war fast verschwunden. Guter Dinge machte ich mich auf den Weg. Aber das Glück währte nicht lange, denn mein Problemfuß meldete sich trotz gemütlichen Wanderns – ich hatte ja mittlerweile dazugelernt – nicht etwa mit einem kleinen Wehwehchen zurück, sondern peinigte mich jetzt mit heftigem Weh. Unterwegs als humpelnder Wandergeselle und in Gedanken bei der Frohnatur Marcel, schaffte ich es letztendlich doch bis nach Moussac, einem Städtchen am Fluss Gardon.

Im Weingut Le Mas Clément fand ich eine Unterkunft, wo mich der freundliche Winzer mit einem Eisbeutel versorgte, damit ich meinen Fuß kühlen konnte. Das war auch dringend notwendig, denn der zeigte im Bereich des Großzehgrundgelenks eine dunkelrote Schwellung, die einer halben überreifen Tomate glich und wie Grillkohle glühte. Ich dachte schon an einen Gichtanfall, aber der soll einen ja meistens nachts im Bett erwischen. Dann quälte mich nicht nur der Schmerz, der mir eine ruhevolle Nacht vermieste, sondern auch der Zweifel, der mich immer wieder beschlich und fragte: Kannst Du unter diesen Umständen deine Wandertour überhaupt noch zu Ende führen? Marcel schlummert um diese Zeit bestimmt schon geruhsam in einem Hotel in Nîmes, um tags darauf zeitig und gutgelaunt die letzte Etappe in Angriff nehmen zu können. So ging es mir durch den Kopf.

Nach einer stressigen schlaflosen Nacht brachte der Tag einen für mich schon fast tragischen Verlauf. Weder Tabletten, noch Salbe, noch Kühlbeutel vermochten meinen entzündeten Fuß in einen halbwegs erträglichen Zustand zu versetzen. Bereits das Anziehen des Strumpfes bereitete gewaltige Schmerzen. Gott sei gedankt, dass ich wenigstens Sandalen mit Klettverschluss dabei hatte, was sehr hilfreich war, um den rechten entsprechend anzupassen. So schleppte ich mich dann zur Alimentation in der Dorfmitte, um Ausschau nach etwas Essbarem zu halten. Zudem brauchte ich unbedingt eine Tafel Schokolade zur Beruhigung, denn spätestens jetzt war mir klar, dass ich Saint-Gilles-du Gard in meinem gesteckten Zeitrahmen zu Fuß nicht mehr erreichen würde.

Der Winzer, Sylvain Cérène hieß er, stellte mir das Zimmer noch für eine weitere Nacht zur Verfügung, die ich aber genauso schlaflos zubrachte wie die vorherige. Jetzt musste eine Entscheidung her. Weiterlaufen ging nicht mehr, ein Arzt war nicht zu finden und hier auf bessere Zeiten zu warten, kam auch nicht in Frage. Also brach ich die Wanderung kurzerhand ab. Etwas beschämt dachte ich an Marcel, der jetzt sicherlich schon nahe seinem Ziele war. Der nächste Bahnhof war vier Kilometer entfernt in Saint-Génies-de-Malgoirès. Sylvain bot mir freundlicherweise an, mich dorthin zu fahren. Dabei mussten wir über eine Brücke den Fluss Gardon überqueren. In dem Städtchen kaufte ich mir dann eine Fahrkarte nach Nîmes.

Die antike, prachtvolle Römerstadt erreichte ich nach über einer Stunde Fahrzeit in einem regionalen Bummelzug. In der historischen Altstadt, unweit des Amphitheaters, in dem heute immer noch Stierkämpfe stattfinden, fand ich ein Hotelzimmer. Da meine Fahrkarte mit dem Zug von

Nîmes nach Metz, die ich mir bereits von zu Hause aus online gekauft hatte, erst auf übermorgen datiert war, musste ich für zwei Nächte buchen.

Am nächsten Tag befand sich mein Fuß in einem etwas moderateren Zustand. Die Schwellung war leicht zurück-gegangen und der Schmerz hielt sich in einem erträglichen Rahmen. Und so bummelte ich hinkend durch die Gassen der geschichtsträchtigen, autofreien Altstadt und speiste in einem der vielen Freiluftrestaurants. Am Nachmittag ließ ich es mir nicht nehmen, einmal um das beeindruckende Amphitheater, das gewiss zu den besterhaltensten Bau-werken der römischen Welt zählt, zu schlendern. Mein lädierter Fuß meldete sich mit einem pochenden Schmerz auf unliebsame Weise wieder zurück. Trotzdem spazierte ich, allerdings im Schneckentempo und mit verkniffenem Gesicht, über den Boulevard Victor Hugo, vorbei an dem bewundernswerten Tempel Maison Carrée, bis ich mich irgendwann in den Jardins de la Fontaine wiederfand. In diesem prachtvollen Garten nahm ich unter einer Eiche auf einer Bank Platz und legte den Fuß hoch.

Umgeben von kleinen Brücken, Terrassen, Treppen und Wasserbecken, die mit einer Vielzahl Statuen und Vasen geschmückt sind, lauschte ich dem beruhigenden Rauschen der Fontänen. Meine Gedanken trieben dahin, während ich ein paar Enten beim Streit um ein Stückchen Brot zusah. Ich sinnierte über die abgebrochene Wanderung, betrieb Ursachenforschung und versank in Selbstmitleid und Ent-täuschung. In der Krypta der Abteikirche von Saint-Gilles-du Gard brannte sicherlich schon eine Kerze, angezündet von Marcel.

Der Valence TGV brachte mich am Nachmittag des nächsten Tages bequem durchs Rhonetal nach Metz. Von dort aus waren bis zum Erreichen der eigenen vier Wände noch fünfzig Kilometer mit dem Auto zu fahren.

Als ich zuhause meine E-Mails durchsah, war unter anderen auch eine von Marcel dabei. Er hätte sein Ziel erreicht, ließ er mich wissen. Im Anhang fand ich ein Foto, das ihn mit einem zufrieden Lächeln und voller Stolz vor der Abteikirche von Saint-Gilles-du Gard zeigte. Nachdenklich und eingehend betrachtete ich sein Bild. Und hätte ich meinen Hut aufgehabt, ich hätte ihn mit allergrößtem Respekt gezogen.

Lino Battiston

»Das schönste an Wanderplänen ist, daß man sie umstoßen kann. Niemals sich binden. Wandern ist kein zielbewußtes Reisen. Wandern ist Laune, Willkür, Erleuchtung des Augenblicks, heute hier, morgen dort, starre Wanderpläne sind Sünde gegen den heiligen Geist.«

Josef Hofmiller, deutscher Schriftsteller und Nietzsche-Forscher
1872 – 1933

Die blaue Blume

Ich suche die blaue Blume,
Ich suche und finde sie nie,
Mir träumt, dass in der Blume
Mein gutes Glück mir blüh.

Ich wandre mit meiner Harfe
Durch Länder, Städt und Au'n,
Ob nirgends in der Runde
Die blaue Blume zu schaun.

Ich wandre schon seit lange,
Hab lang gehofft, vertraut,
Doch ach, noch nirgends hab ich
Die blaue Blum geschaut.

Joseph von Eichendorff

Ein zentrales Symbol in der Romantik ist die blaue Blume. Sie steht für die Sehnsucht nach Glück und Erfüllung. Um 1900 wurde sie durch die Wandervogelbewegung ein Symbol der Wanderschaft, der Sehnsucht nach der Ferne und der Suche nach dem Glück.

Wenn hell die goldne Sonne lacht, muß in die Welt ich ziehn,
denn irgendwo muß voller Pracht die blaue Blume blühn.
So wandre ich landauf, landab, such dieses Blümelein,
und erst wenn ich's gefunden hab, stell ich das Wandern ein.

Lied aus der Wandervogelbewegung

*»Inspiration ist niemals echt, wenn man sie gleich als solche
empfindet. Wahre Inspiration stellt sich unbemerkt ein und
wird erst nach einiger Zeit in ihrer vollen Bedeutung erkannt.«*

(Samuel Butler der Ältere (1612 – 1680), englischer Satiriker)

Auf einem alten Zöllnerpfad zur Inspiration

Meine Leidenschaft für die akustische Gitarre spiegelt sich insbesondere in Stilrichtung und Spielweise des Fingerpicking wider. In einfacher Form und kurz erklärt werden bei diesem Gitarrenstil die Basssaiten im Wechsel mit dem Daumen und dazu Melodien mit Zeige-, Mittel- und Ringfinger auf den Diskantsaiten angeschlagen. Bei der Liedbegleitung kommen auch verschiedene Zupfmuster zum Einsatz, das Werkzeug vieler Liedermacher, wie z. B. Hannes Wader und Reinhard Mey.

Dieser Gitarrenstil ist eigentlich aus dem Ragtime entstanden, einer Musikrichtung, die um 1900 in den USA ihre Blütezeit hatte. Komponiert in erster Linie für das Klavier, aber auch für Banjo und Gitarre, gilt Ragtime heute als »Amerikas klassische Musik«. Eine der bekanntesten Ragtimekompositionen ist »The Entertainer« von Scott Joplin.

Im Laufe der Zeit sind sehr viele Ragtimes von versierten Gitarristen, wie Bluesmusiker »Blind Blake«, auf die Gitarre übertragen oder neu komponiert worden. Einige davon sind fester Bestandteil meines Repertoires, wenn ich solo mit meiner Gitarre unterwegs bin. Es macht immer wieder großen Spaß, diese Musik zu spielen. Ein ganz besonderer Reiz beflügelte mich irgendwann, ich glaube, es war im Jahre 1990, auch selbst einmal eine so lebensfrohe Gitarrenmusik zu schaffen.

Während eines Campingurlaubes im Norden der Bretagne war es dann so weit. Hier hatte ich mir nämlich vorgenommen, meinen ersten Ragtime zu komponieren. Ich hoffte darauf, dass mich das milde Klima, das Meer, der Wind, die schroffe Felsenküste mit ihrer Heidelandschaft und die Urgewalt der Gezeiten inspirieren würden, mein Vorhaben zu verwirklichen. Nach langem Suchen fanden wir, meine Frau Maria und ich, auf einem kleinen Campingplatz nahe der Küste einen geeigneten Stellplatz. Am Ende des Platzes in einer Ecke, flankiert von Sträuchern hinter uns und Wohnmobilen vor uns, glaubten wir, die ideale Stelle gefunden zu haben.

Nachdem Zelt, Gestänge, Campingstühle, Klapptisch, Taschen, Koffer, Töpfe, Teller, Campingkocher, Kühlbox, Rucksack, Wanderschuhe und vieles mehr in einer chaotischen Unordnung vor unserem Kleinbus ausgebreitet auf der Wiese lagen, kam irgendwann meine Gitarre zum Vorschein. Von neugierigen Augenpaaren, wie das auf einem Campingplatz so üblich ist, beobachtet, setzte ich mich auf einen Klappstuhl, um auszuruhen. Da kamen auch schon einige der Mitcamper herbeigeeilt, um uns beim Aufbau unserer neuen Unterkunft ihre Hilfe anzubieten. Aha, dachte ich, die hoffen wohl auf gemütliche Grill-, Gesangs- und Gitarrenabende mit Rotwein, Lamm und Käse. Nun, Ablenkung konnte ich bei meinem Vorhaben wirklich nicht gebrauchen und lehnte ihr Angebot freundlich ab, wir kämen schon zurecht.

Nach wenigen Tagen hatten wir uns eingelebt, die Umgebung erkundet, die violettgrüngelbbraune Heidelandschaft erwandert, die durch kantige Felsen unterbrochen uns magisch ein Gefühl von Freiheit vermittelte. Wir hatten das Meer kommen und gehen gesehen, die salzige Luft geschmeckt und an einem bizarren, in schier unbeschreiblichen Farben erscheinenden Abendhimmel einen beeindruckenden Sonnenuntergang erlebt.

Einmal saßen wir um die Mittagszeit auf einer Bank an der Brandungsmauer. Das Meer war bereits im Zurückgehen. Da kamen sie eiligst zurück, die einheimischen Fischer in ihren Motorbooten, umkreist von einer Schar kreischender Möwen. Wir spürten, dass die Küste der Bretagne geprägt ist vom Rhythmus der Gezeiten. Wir verharrten geduldig, bis die ganze Bucht weithin leergelaufen und das Rauschen des Meeres kaum noch wahrnehmbar war. Ein besonderes Naturerlebnis. Etliche Segel- und Motorboote lagen nun auf dem graubraunen Schlicksand verstreut und warteten auf die nächste Flut, um wieder auf den Wellen tanzen zu können.

Nun kamen sie in Scharen, die gestiefelten Strandfischer. Vollgepackt mit Schaufeln, Hacken, Rechen und Eimern streiften sie in der leergelaufenen Bucht umher, um Jagd auf alle möglichen Meeresfrüchte zu machen. »Pêche à pied« nennen die Franzosen die Strandfischerei zu Fuß. Ein uraltes Recht und Volkssport der Bretonen. Allerdings gibt es Vorschriften über Mindestgrößen von Muscheln und Krebsen, die in die Eimer dürfen. Unzählige Möwen waren auf Beute aus und pickten im Schlick nach allem möglichen Getier.

Der stetig wehende Wind, mal kühl und stürmisch, mal als warmes Lüftchen oder heftige Böe, rüttelte pausenlos am Zelt, erzeugte die seltsamsten Geräusche und wiegte uns doch immer wieder temperamentvoll in einen traumlosen Tiefschlaf. Allmorgendlich versuchte ich mit Hilfe meiner Gitarre in einer windstillen Ecke neben dem Zelt, ein paar Noten aufs Papier zu bringen.

Einen Ragtime zu komponieren war wohl schwieriger, als ich gedacht hatte, denn die Tage vergingen ohne ein hörbares Resultat. Ich versuchte, in unterschiedlichsten Tonarten meiner musikalischen Kreativität auf die Sprünge zu helfen. Aber alle Melodien, die ich zu Papier brachte, landeten spätestens am nächsten Morgen im Mülleimer. Es fiel mir einfach nichts mehr ein.

So vergingen die Tage. Ich klimperte schon etwas mutlos und müde geworden morgens, mittags und abends auf der Gitarre herum. Ein unangenehmer kreativer Stillstand war eingetreten. Meine Frau lag mit Ohrstöpseln, vertieft in ein Buch, auf ihrer Liege. Manchmal schaute sie verständnisvoll zu mir herüber. Ich glaubte aber auch, in ihren Blicken etwas Mitleid zu verspüren. Ich hatte auf jeden Fall Mitleid mit ihr, denn es gab sicherlich Schöneres zu erleben, als täglich den kläglichen Kompositionsversuchen zu lauschen, die bisher zu nichts geführt hatten.

Und dann waren da auch noch unsere lieben Mitcamper.

In den ersten Tagen schauten sie freundlich, meinen Gitarrenklängen lauschend, herüber. Das änderte sich aber, als tagelang nur seltsame, unvollendete und schrägklingende Melodien zu hören waren. Einmal wurde eins der vollgekritzelten Notenblätter vom Wind mitten über den Platz geweht. Ich hüpfte ihm hinterher, um es wieder einzufangen, was nicht einfach war. Denn jedes Mal, wenn ich mich nach ihm bückte, pustete der Wind es ein Stückchen weiter. Nicht dass mir das Notenblatt besonders am Herzen lag, es stand eh nur musikalischer Zinnober drauf. Ich wollte es nur dorthin bringen, wo es auch hingehört, nämlich in den Mülleimer.

Bei diesem für mich peinlichen Vorhaben wurde ich mit schadenfrohen Zurufen wie z. B. »Aller, aller«, oder »Plus rapide« angespornt. Irgendwann gab ich auf. Das Blatt flog über den Zaun und verschwand auf Nimmerwiedersehen, wahrscheinlich im Atlantik. Was auch gut so war. Schnaufend schlenderte ich zurück zu meinem Arbeitsplatz in die hinterste Ecke neben unserm Zelt, verfolgt von den hämischen Blicken der Mitcamper. Nach der sonst so angenehmen und freundlichen Atmosphäre, die ich bisher auf französischen Campingplätzen erlebt hatte, spürte ich nun eine leicht kühle Brise von »Wär-der-nur-ein-wenig-weiterweg-von-uns« zu mir herüberwehen. Fröstelnd kroch ich ins Zelt, legte mich mit hinter dem Kopf verschränkten Armen auf den Schlafsack und sinnierte über die letzten Tage erfolglosen musikalischen Wirkens. Meine Gedanken hüpften wie die Möwen auf dem Schlicksand hin und her, auf und ab, flogen davon und kehrten wieder zurück. Den Wunsch, einen Rag zu komponieren, wollte ich zu diesem Zeitpunkt eigentlich aufgeben. Da kam mir eine Idee.

Es war Nachmittag. In den Wanderrucksack packte ich ein Baguette, Camembert, eine Flasche Muscadet, Notenblock, Bleistift und ein kleines Sitzkissen. Die Gitarre stand schon griffbereit im Koffer neben dem Zelt. Dann schnürte ich die Wanderschuhe und machte mich mit alldem auf den

Weg. Zielstrebig wanderte ich in Richtung Küste, vorbei an den traditionellen mit bunten Blumen reichlich geschmückten bretonischen Häusern, erbaut aus Granitsteinen, mit herrlichen Rundbogenfenstern, die meist mit blauen, roten, oder manchmal sogar türkisgrünen Klappläden versehen sind. Unverkennbares Merkmal der Steinhäuser sind die giebelseitigen rechteckigen Schornsteine, die majestätisch über den schiefergedeckten Steildächern thronen.

Nach einer Weile erreichte ich endlich den »Sentier des douaniers«. Auf diesem alten Zöllnerpfad, rotweiß markiert als GR 34, der sich entlang der Atlantikküste von Mont-Saint-Michel im Norden bis hin nach Saint-Nazaire im Süden zieht, wanderte ich nun in den Fußstapfen der ehemaligen Zöllner. Mein Ziel war allerdings nur noch wenige Kilometer entfernt. Bei ständigem leichten Auf und Ab führte mich der Weg durch eine malerische Heide, gesäumt von Brombeeren, Heidelbeeren, Farnkräutern, Ginster, Grasnelken und niedrigem Buschwerk. Und der Blick auf das rauschende Meer, dessen Wellen sich lautstark unten an den Klippen brachen, ließ mein Wanderherz höher schlagen. Dann bog ein schmaler Pfad kaum sichtbar plötzlich vom Weg ab. Den mittlerweile immer schwerer gewordenen Gitarrenkoffer rechts-links wechselnd kraxelte ich hinunter in eine kleine Bucht. Die Mühe hatte sich gelohnt.

Es war Ebbe und ich war hier allein. Durch den recht steilen Kieselstrand war das Meer nicht allzu weit entfernt. Es umspülte in einem beruhigendem Vor und Zurück ein Ensemble unterschiedlich großer Felsgesteine, an denen unzählige Miesmuscheln klebten. Nach kurzem Rundumblick fand ich am Ende der Bucht in einer Felsnische eine sandige Stelle, um mich für die nächsten Stunden hinzuhocken. Ich machte es mir bequem, befreite die Füße von den Wanderschuhen und genoss erst einmal eine geraume Zeit lang das Alleinsein, das unentwegte Rauschen des Meeres, den Wind und die milde Spätnachmittagssonne.

Schließlich richtete ich meinen neuen Arbeitsplatz ein.

Den Muscadet stellte ich sicher im Schatten zwischen zwei Steinen ab, umweht vom kühlen Atlantikwind. Dahinter passten auch noch Rucksack und Wanderschuhe. Ich setzte mich auf einen flachen Felsen, stimmte die Gitarre ein und spielte zwanglos drauflos. In dieser beruhigenden Atmosphäre und dem befreienden Gefühl, nicht gehört und nicht gestört zu werden, sang ich auf einmal lauthals ein Lied. Daraufhin zupfte ich auf meiner Gitarre in allen Lagen, schaute auf das Meer, beobachtete kreischende Möwen und ein paar Boote, die mit dem Wind und prallen Segeln über das Wasser glitten. Als die Sonne sich langsam dem Meeresspiegel näherte, war auf einmal der Rag mit einer einfachen Melodie geboren.

Jetzt war die Zeit gekommen, den Muscadet zu entkorken. Ich belohnte mich mit einem kräftigen Schluck. Der Korken rollte plötzlich vom Wind getrieben in einem flotten Zickzack über den Kieselstrand in Richtung Meer. Das Notenblatt vom Campingplatz noch in guter Erinnerung, bemühte ich mich erst gar nicht, eine Verfolgung aufzunehmen, wohl wissend, dass ein kleiner Flaschenkorken (natürlich aus Naturkork) nicht groß zur Umweltverschmutzung dieser wertvollen Küstenlandschaft beitragen würde. Nachdem ich etwas Käse und ein Stück Baguette verzehrt hatte, klemmte ich den Muscadet wieder zwischen den Steinen fest. Ein Umfallen galt es unbedingt zu vermeiden. Schließlich begann ich, die Melodie meines Rags mit abwechslungsreichen Varianten zu verzieren und dazu eine lebendige Basslinie zu schaffen.

Die Sonne warf bereits bizarre Schatten in die Bucht, während das Meer sich unaufhaltsam näherte. Über den Flaschenhals des Muscadet blies ein heftiger Wind und erzeugte den hellen Pfeifton einer Piccoloflöte. Ich machte mich daran, den Rag so zu arrangieren, dass er auch für die Gitarre gut spielbar war, überlegte mir die günstigsten Fingersätze und versuchte gleichzeitig, alles auf flatterndem Notenpapier festzuhalten. Der von Hellgelb über Orange ins Dunkelrot übergehende Feuerball tauchte am Horizont fast schon ins Meer ein und warf mit letzter Energie seine Strahlen auf das glitzernde Wasser. Ich fühlte mich wie von Helios erleuchtet, auf einem kreativen Höhepunkt.

Der Wind brauste jetzt wie wild über den Muscadet. Wunderschön klingende Tieftöne, ähnlich einer Panflöte, zogen durch die Bucht. Der dunkelrot gewordene Sonnenball war schon halb ins Meer getaucht und verzauberte den Abendhimmel mit seinen glühenden Wolkenschleiern in eine schier unbeschreibliche Farbkomposition, die sich verspielt im Wasser widerspiegelte. Die Wellen kamen bereits bedrohlich dicht an mich herangerauscht. Dann ging alles sehr schnell.

Die Sonne war versunken und hinterließ nur noch ein paar bunte Strähnchen am Horizont. Der Wind wehte heftig über das Meer. Und als die kleine Bucht fast gänzlich in der Flut versank, war die Coda endlich fertig. Nun musste ich mich aber sputen. Schnell packte ich meine Siebensachen, um noch trockenen Fußes, dem schmalen Pfad folgend, wieder nach oben zu gelangen.

Etwas außer Atem erreichte ich bald den alten Zöllnerpfad. Für den Rückweg nahm ich mir Zeit, setzte manchmal den Gitarrenkoffer ab, atmete tief die salzige Luft und lauschte dem Meer. Ein kühler Wind blies mir ins Gesicht. Welch ein Glücksgefühl!

Mond und Sterne warfen bereits gespenstige Schatten. Aus den Fenstern der Steinhäuser fiel ein warmes Licht. Ich spitzte die Lippen und pfiff fröhlich meinen Rag.

Heute, 20 Jahre später ist Mary's Rag, den ich damals nach meiner Frau benannt hatte, immer noch Bestandteil meines Repertoires. Und stets, wenn ich ihn vortrage, freue ich mich über die Erinnerungen an das Meer, die kleine einsame Bucht, einen wunderschönen Sonnenuntergang, den Wind, den Zöllnerpfad und einen verzauberten Abendhimmel in der Bretagne.

Lino Battiston

Horchend stehn die stummen Wälder,
Jedes Blatt ein grünes Ohr!
Und der Berg, wie träumend streckt er
Seinen Schattenarm hervor.

Heinrich Heine

Aufstieg zum Brocken

Die Sonne ging auf. Die Nebel flohen, wie Gespenster beim dritten Hahnenschrei. Ich stieg wieder bergauf und bergab, und vor mir schwebte die schöne Sonne, immer neue Schönheiten beleuchtend. Der Geist des Gebirges begünstigte mich ganz offenbar; er wußte wohl, daß so ein Dichtermensch viel Hübsches wiedererzählen kann, und er ließ mich diesen Morgen seinen Harz sehen, wie ihn gewiß nicht jeder sah. Aber auch mich sah der Harz, wie mich nur wenige gesehen, in meinen Augenwimpern flimmerten eben so kostbare Perlen, wie in den Gräsern des Thals. Morgentau der Liebe feuchtete meine Wangen, die rauschenden Tannen verstanden mich, ihre Zweige thaten sich von einander, bewegten sich herauf und herab, gleich stummen Menschen, die mit den Händen ihre Freude bezeigen, und in der Ferne klang's wunderbar geheimnisvoll, wie Glockengeläute einer verlornen Waldkirche. Man sagt, das seien die Herdenglöckchen, die im Harz so lieblich, klar und rein gestimmt sind.

Nach dem Stande der Sonne war es Mittag, als ich auf eine solche Herde stieß, und der Hirt, ein freundlich blonder junger Mensch, sagte mir, der große Berg, an dessen Fuß ich stände, sei der alte, weltberühmte Brocken. Viele Stunden ringsum liegt kein Haus, und ich war froh genug, daß mich der junge Mensch einlud, mit ihm zu essen. Wir setzten uns nieder zu einem Dejeuner dinatoire, das aus Käse und Brot bestand; die Schäfchen erhaschten die

Krumen, die lieben blanken Kühlein sprangen um uns herum, und klingelten schelmisch mit ihren Glöckchen, und lachten uns an mit ihren großen, vergnügten Augen. Wir tafelten recht königlich; überhaupt schien mir mein Wirt ein echter König, und weil er bis jetzt der einzige König ist, der mir Brot gegeben hat, so will ich ihn auch königlich besingen.

Wir nahmen freundschaftlich Abschied, und fröhlich stieg ich den Berg hinauf. Bald empfing mich eine Waldung himmelhoher Tannen, für die ich in jeder Hinsicht Respekt habe. Diesen Bäumen ist nämlich das Wachsen nicht so ganz leicht gemacht worden, und sie haben es sich in der Jugend sauer werden lassen. Der Berg ist hier mit vielen großen Granitblöcken übersäet, und die meisten Bäume mußten mit ihren Wurzeln diese Steine umranken oder sprengen, und mühsam den Boden suchen, woraus sie Nahrung schöpfen können. Hier und da liegen die Steine, gleichsam ein Thor bildend, über einander, und oben darauf stehen die Bäume, die nackten Wurzeln über jene Steinpforte hinziehend, und erst am Fuße derselben den Boden erfassend, so daß sie in der freien Luft zu wachsen scheinen.

Und doch haben sie sich zu jener gewaltigen Höhe emporgeschwungen, und, mit den umklammerten Steinen wie zusammengewachsen, stehen sie fester als ihre bequemen Kollegen im zahmen Forstboden des flachen Landes. So stehen auch im Leben jene großen Männer, die durch das Überwinden früher Hemmungen und Hindernisse sich erst recht gestärkt und befestigt haben. Auf den Zweigen der Tannen kletterten Eichhörnchen und unter denselben spazierten die gelben Hirsche. Wenn ich solch ein liebes, edles Tier sehe, so kann ich nicht begreifen, wie gebildete Leute Vergnügen daran finden, es zu hetzen und zu töten.

Allerliebst schossen die goldenen Sonnenlichter durch das dichte Tannengrün. Eine natürliche Treppe bildeten die

Baumwurzeln. Überall schwellende Moosbänke; denn die Steine sind fußhoch von den schönsten Moosarten, wie mit hellgrünen Sammetpolstern, bewachsen. Liebliche Kühle und träumerisches Quellengemurmel. Hier und da sieht man, wie das Wasser unter den Steinen silberhell hinrieselt und die nackten Baumwurzeln und Fasern bespült. Wenn man sich nach diesem Treiben hinab beugt, so belauscht man gleichsam die geheime Bildungsgeschichte der Pflanzen und das ruhige Herzklopfen des Berges.

An manchen Orten sprudelt das Wasser aus den Steinen und Wurzeln stärker hervor und bildet kleine Kaskaden. Da läßt sich gut sitzen. Es murmelt und rauscht so wunderbar, die Vögel singen abgebrochene Sehnsuchtslaute, die Bäume flüstern wie mit tausend Mädchenzungen, wie mit tausend Mädchenaugen schauen uns an die seltsamen Bergblumen, sie strecken nach uns aus die wundersam breiten, drollig gezackten Blätter, spielend flimmern hin und her die lustigen Sonnenstrahlen, die sinnigen Kräutlein erzählen sich grüne Märchen, es ist alles wie verzaubert, es wird immer heimlicher und heimlicher, ein uralter Traum wird lebendig, die Geliebte erscheint – ach, daß sie so schnell wieder verschwindet!

Je höher man den Berg hinaufsteigt, desto kürzer, zwerghafter werden die Tannen, sie scheinen immer mehr und mehr zusammen zu schrumpfen, bis nur Heidelbeer- und Rotbeersträuche und Bergkräuter übrig bleiben. Da wird es auch schon fühlbar kälter. Die wunderlichen Gruppen der Granitblöcke werden hier erst recht sichtbar; diese sind oft von erstaunlicher Größe. Das mögen wohl die Spielbälle sein, die sich die bösen Geister einander zuwerfen in der Walpurgisnacht, wenn hier die Hexen auf Besenstielen und Mistgabeln einhergeritten kommen, und die abenteuerlich verruchte Lust beginnt, wie die glaubhafte Amme es erzählt, und wie es zu schauen ist auf den hübschen Faustbildern des Meister Retzsch.

In der That, wenn man die obere Hälfte des Brockens

besteigt, kann man sich nicht erwehren, an die ergötzlichen Blocksberggeschichten zu denken, und besonders an die große mystische deutsche Nationaltragödie vom Doktor Faust. Mir war immer, als ob der Pferdefuß neben mir hinauf klettere, und jemand humoristisch Atem schöpfe. Und ich glaube, auch Mephisto muß mit Mühe Atem holen, wenn er seinen Lieblingsberg ersteigt; es ist ein äußerst erschöpfender Weg, und ich war froh, als ich endlich das langersehnte Brockenhaus zu Gesicht bekam.

Aus Heinrich Heine, aus »Die Harzreise«

Wo?

Wo wird einst des Wandermüden
letzte Ruhstätte sein?
Unter Palmen in dem Süden?
Unter Linden an dem Rhein?

Werd` ich wo in einer Wüste
Eingescharrt von fremder Hand?
Oder ruh` ich an der Küste
Eines Meeres in dem Sand?

Immerhin! Mich wird umgeben
Gotteshimmel, dort wie hier,
Und als Totenlampen schweben
Nachts die Sterne über mir.

Heinrich Heine

Heinrich Heines Grabspruch, eingemeißelt auf seinem Grabmal
auf dem Friedhof Montmartre in Paris.

>»Wir wandern nun schon viele hundert Jahr und kommen doch
nicht zu der Stelle - der Strom wohl rauscht schon an die tausend gar und kommt doch nicht zu der Quelle.«

Joseph von Eichendorff

Durch Höhenwind und herbe Luft
Weht eine süße Ahnung her
Von violettem Ferneduft
Und südlich übersonntem Meer.

Hermann Hesse, aus »Über die Alpen«

Bergpass

Über die tapfere kleine Straße weht der Wind. Baum und Strauch sind zurückgeblieben, Stein und Moos wächst hier allein. Niemand hat hier etwas zu suchen, niemand hat hier Besitz, der Bauer hat nicht Heu noch Holz hier oben. Aber die Ferne zieht, die Sehnsucht brennt, und sie hat über Fels und Sumpf und Schnee hinweg diese gute kleine Straße geschaffen, die zu anderen Tälern, anderen Häusern, zu anderen Sprachen und Menschen führt.

Auf der Paßhöhe mache ich Halt. Nach beiden Seiten fällt die Straße hinab, nach beiden Seiten rinnt Wasser, und was hier oben nah und Hand in Hand beisammen steht, findet seinen Weg nach zwei Welten hin. Die kleine Lache, die mein Schuh da streift, rinnt nach dem Norden ab, ihr Wasser kommt in ferne kalte Meere. Der kleine Schneerest dicht daneben aber tropft nach Süden ab, sein Wasser fällt nach ligurischen oder adriatischen Küsten hin ins Meer, dessen Grenze Afrika ist. Aber alle Wasser der Welt finden sich wieder, und Eismeer und Nil vermischen sich im feuchten Wolkenflug. Das alte schöne Gleichnis heiligt mir die Stunde. Auch uns Wanderer führt jeder Weg nach Hause.

Noch hat mein Blick die Wahl, noch gehört ihm Nord und Süd. Nach fünfzig Schritten wird nur noch der Süden mir offen stehen. Wie atmet er geheimnisvoll aus bläulichen Tälern herauf! Wie schlägt mein Herz ihm entgegen! Ahnung von Seen und Gärten, Duft von Wein und Mandel weht herauf, alte heilige Sage von Sehnsucht und Romfahrt.

Aus der Jugend klingt mir Erinnerung her wie Glockenruf aus fernen Tälern: Reiserausch meiner ersten Südenfahrt, trunkenes Einatmen der üppigen Gartenluft an den blauen Seen, abendliches Hinüberlauschen über erblassende Schneeberge in die ferne Heimat! Erstes Gebet vor heiligen Säulen des Altertums! Erster traumhafter Anblick des schäumenden Meeres hinter braunen Felsen!

Der Rausch ist nicht mehr da, und nicht mehr das Verlangen, allen meinen Lieben die schöne Ferne und mein Glück zu zeigen. Es ist nicht mehr Frühling in meinem Herzen. Es ist Sommer. Anders klingt der Gruß der Fremde zu mir herauf. Sein Widerhall in meiner Brust ist stiller. Ich werfe keinen Hut in die Luft. Ich singe kein Lied. Aber ich lächle, nicht nur mit dem Munde. Ich lächle mit der Seele, mit den Augen, mit der ganzen Haut, und ich biete dem heraufduftenden Lande andere Sinne entgegen als einstmals, feinere, stillere, schärfere, geübtere, auch dankbarere. Dies alles gehört mir heute mehr als damals, spricht reicher und mit verhundertfachten Nuancen zu mir. Meine trunkene Sehnsucht malt nicht mehr Traumfarben über die verschleierten Fernen, mein Auge ist zufrieden mit dem, was da ist, denn es hat sehen gelernt. Die Welt ist schöner geworden seit damals.

Die Welt ist schöner geworden. Ich bin allein, und leide nicht unter dem Alleinsein. Ich wünsche nichts anders. Ich bin bereit, mich von der Sonne fertig kochen zu lassen. Ich bin begierig, reif zu werden. Ich bin bereit zu sterben, bereit wiedergeboren zu werden.

Die Welt ist schöner geworden.

Hermann Hesse, aus »Wanderung«

Zum Abschluss ...

... wünsche ich allen Wanderfreunden und denen, die es nach dieser Lektüre vielleicht noch werden, gesunde Füße für viele schöne Wanderstunden in freier Natur und ein offenes, warmes Herz auf der Suche nach der blauen Blume. Und ein Gedicht von Hermann Hesse, wenn mal wieder die Wandersehnsucht am Herzen reißt, ist immer ein guter Wegbegleiter.

Lino Battiston

Gang am Abend

Spät auf staubiger Straße geh ich,
Mauerschatten fallen schräg,
Und durch Rebenranken seh ich
Mondlicht über Bach und Weg.

Lieder, die ich einst gesungen,
Stimm ich leise wieder an,
Ungezählter Wanderungen
Schatten kreuzen meine Bahn.

Wind und Schnee und Sonnenhitze
Vieler Jahre klingt mir nach,
Sommernacht und blaue Blitze,
Sturm und Reiseungemach.

Braun gebrannt und vollgesogen
Von der Fülle dieser Welt,
Fühl ich weiter mich gezogen,
Bis mein Pfad ins Dunkle fällt.

Hermann Hesse

Quellen & Literaturhinweise

Francesco Petrarca, 1304 –1374, italienischer Dichter und Geschichtsschreiber. Die Besteigung des Mont Ventoux ist ein auf den 26. April 1336 datierter Brief, der auf Latein verfasst und an den Frühhumanisten Dionigi di Borgo San Sepolcro gerichtet war. Quelle: Wikipedia.

Heinrich Heine, 1797 – 1856, war einer der bedeutendsten deutschen Dichter und Schriftsteller des 19. Jahrhunderts. »Die Harzreise« ist ein Reisebericht, verfasst im Herbst 1824.

Max Beerbohm, 1872 –1956, englischer Schriftsteller, Parodist und Karikaturist. Sein Essay »Going out for a walk« hat er 1918 verfasst.

Robert Louis Stevenson, 1850 –1894, schottischer Schriftsteller.

Joachim Größer, deutscher Autor, Geschichten für Jung und Alt, www.joachim-groesser.jimdo.com

Hermann Hesse, 1877–1962 deutscher Schriftsteller, Maler & Nobelpreisträger, Bergpass aus »Wanderung« (Suhrkamp Verlag).

Mark Twain, 1835 –1910, US-amerikanischer Schriftsteller.

Joseph Karl Benedikt Freiherr von Eichendorff, 1788 –1857, bedeutender Lyriker und Schriftsteller der deutschen Romantik.

Johann Gabriel Seidl, 1804 –1875, österreichischer Archäologe, Lyriker, Erzähler und Dramatiker.